生徒会長との
待ち合わせは、
いつもホテル。

INDEX

……これからも一緒にいて

中野 透（なかの とおる）
本当に

生徒会長との待ち合わせは、いつもホテル。

長友一馬

ファンタジア文庫

3329

口絵・本文イラスト　葛坊煽

生徒会長との
待ち合わせは、
いつもホテル。

プロローグ

春の満開の桜とともに転校生がやってきたとき。

夏の星空の下で約束を交わしたとき。

雪とネオンで彩られた街中で、そっと手が触れあったとき。

そんなロマンチックで劇的な出来事から、世界は色めき、物語が始まる。

「フータって、日に焼けた草の香りがする」

放課後の帰り道。制服のまま駆け込んだ駅近くのホテルで、まつりはおれの首筋に顔をうずめて言った。

「こんな場所で、そんなこと……」

「こんな場所に連れ込んだのは、フータじゃん」

「それは、生徒会の人がいたから」

「見られたら、困る？」

「生徒会長の誰かさんは、困るでしょ」

まつりは花唇を薄くのばして、小さく笑った。人の気も知らないで、無邪気に。そして自然な動きでベッドに座り、おれに向けて手を伸ばしてきた。

「握って」

少し汗ばんだ喉元が、すらっとした頼りない腕を目で辿り、首に至る。美しかった。

制服姿のまま、ホテルにいる。

ベッドの真っ白いシーツに、まつりが座っている。

その姿に、一線を越えたくなったのは、事実だ。だがそれよりも、目の前でただおれのために咲き誇っている彼女が、手を伸ばし、おれという存在をか細くも明確な絆で繋ぎとめようとしているという、魔法のような理屈が成りたっていることに感動していた。

「フータ、あったかい」

手を絡めると、まつりは繋いだ手を目線の高さまで上げる。手首には薄い紫色の花がついた控えめなブレスレットが光っていた。

「どう？」

飾りの花が小さくて、派手すぎないのがいいね。紫色っていうのも、大人っぽくて似合ってる。スミレみたいで、季節感あっていいね。ただかわいいだけではダメ。具体的に、答える。そういうのが、女の子は嬉しい。

「フータ」

5　生徒会長との待ち合わせは、いつもホテル。

　夏の情景を封じ込めた、ガラス玉みたいに澄んだ瞳だ。黒塗りの漆器のような艶(つや)やかな髪、檸檬(れもん)の表面を薄く切り取ったような瑞々(みずみず)しい唇。端整で、繊細で、汚れた手で触ることが躊躇(ためら)われるような。

　その作り物みたいな魔力を放つ彼女に、おれはすっかりあてられてしまった。

「まつりって、お人形さんみたいだよね」

「え」

「あ」

　一瞬、まつりが言葉を失った。

「ブレスレットの話なんだけど。なんで私を褒めてんの？」

「ごめん、つい……」

「なんか顔がマジっぽくてキモい」

「そこまで言わなくてもいいじゃん！」

　言い返すと、まつりは笑った。まるで、子どもが初めて風に揺らめくカーテンを見てはしゃぐような、遠慮のなさがあった。

「普通は○点だけど……まあ、私には言ってもいいよ」

　ズルいと、思った。

まつりは普段はクールで決まってるのに、たまにこうやって、不意を突いて柔らかく咲くのだ。

「私を口説いてどうすんのとは思うけど」

女の子は、男の子が思っているよりもずっとロマンチック。まつりはそう教えてくれた。

だけどおれはここ数週間で、まつりが女の子よりもロマンチックであることを、知っていた。

「とにかくあんたは、まだまだ経験不足。もっとレッスンに付き合ってもらうから」

「分かった、ありがとう」

「でないと、私の大事なゆきはあげられない」

最後の言葉は真剣だった。

そのとき、まつりのスマホの通知音が鳴った。聴き慣れたはずのその音は、甲高く、少し神経質に感じる。

まつりは素早くおれから手を放すと、画面を確認した。

「パパから？」

「食事でもどうか、って」

「行くの？」

「うん」

スマホをしまって、まつりはベッドから立ち上がった。

「ねえ、いつまで続けるの？」

「何が？」

「パパに会うの、だよ」

もう少し正確に言い直すことにした。

「パパ活の話だよ」

まつりは何も答えなかった。

「無神経にごめん。だけど」

「今日はフータに、レッスンする約束だったもんね。明日なら、空いてるから」

まつりは少し乱れた制服を整える。

おれはそれを、ただじっと見ている。

夢から醒めたような気分だった。

まつりがおれに付き合ってくれているのは、彼女の親友にふさわしい男になれるよう、女の子との接し方を教えるため。だからおれがいくら愛にまつわる言葉を並べ立てても、まつりが可憐な花で自分を彩っていても、まつりはおれを、おれはまつりを、愛していない。

「行こ、フータ。はい、手、繋いで」

だからこれは、全部ニセモノ。

求めているものは、このクソッタレの世界には最初からなくて。

だけど、それでも。

おれにとっては、駆け抜けるような速度と、焦げつくような眩しさで過ぎていく。

そんな、真剣で、大切な、世界でいちばん退屈な物語だ。

1．異世界には道玄坂からいける

新しさのない、高校二年生の新学期が始まった。さらに、四月でももう月末近い。なんなら桜の木には緑が芽吹いているし、そよ風に舞った薄紅色の花びらは、薄黒く汚れてアスファルトにこびりついていた。

「いやいや、お礼なんていらないよ」

クラスメイトの秋津美優（あきつみゆ）さんは、ハートの刺繍（ししゅう）が入った完璧な手編みのマフラーを、早朝の教室でおれから受け取る。そしてそれを、陸に上がった瞬間に冷凍された魚類みたいな顔で見つめていた。

「これ、私が編んでたんだけど……」

「うん。苦戦してたみたいだから」

秋津さんが彼氏のために編んでいたというマフラー。本当は二月の誕生日に渡すはずだったのに、時間がかかってまだ終わっていなかった。おれは先生の手伝いで登校してきていた一昨日の土曜日、それが教室の彼女の席に置かれているのを見かけた。

だから、手伝ってあげた。

おれが、編んだ。

「彼氏さん、喜んでくれるといいね！」

完璧だ。彼氏さんの名前である『Yuki』まで入れ込んだ。本当はユウキだけど、それだと母音が重なって不格好になるので、『u』を省略した。おれはヘボン式にまで気を遣える男だ。

「あり、がとう……」

「じゃ、またね！」

おれは罠にかかった野生のタヌキでも助けたような清々しさで、教室をあとにする。去り際は、素早く。あまり執拗だと、お礼を強要しているようで印象が悪い。これでまた、おれのクラス内での株も上がるというものだ。土曜日を一日潰した甲斐があった。

その日の放課後、教室に戻る途中。たまたま生徒会室前を通りかかると、自分の名前が呼ばれるのを聞いた。

「ねえ、ゆき。志木は、どう？　志木颯大」

中を見ると、西日が差し込む目も眩むような世界。四月に生徒会書記から生徒会長になったばかりの清瀬まつりさんが、椅子に座っているのが見える。そして傍らに立ち、同じクラスの藤沢(ふじさわ)ゆきさんが、退屈そうに清瀬さんの手元を覗(のぞ)き込んでいた。

「どう、だけじゃ分からないよ、まつりちゃん」

「好きとか、嫌いとか」

「うーん、恋愛感情は、少なくともないかな」

おれはその話を立ち聞きしてしまう。

物語は始まるどころか、らせん状に失墜していく桜の花びらのように、終わったのだと知った。

「いい人だとは、思うけどね」

藤沢ゆきさん。

いつも太陽のように明るく和やかで、水面にゆらゆら浮かんだお月様みたいなお日々をした、おれが密(ひそ)かに思いを寄せる女子生徒。歩く姿は五線譜を駆けるように軽やかで、話す声は青空を流れる清流のように澄んでおり、その肌は妖精の朝食の食パンみたいにふわふわなのだろう。

「あ、この書類、右上をホッチキスして」

「ちょっとまつりちゃん。自分から聞いたのに、興味なさすぎじゃない?」

「むしろゆき、嫌いな人いるわけ?」

「いるよ」

「誰？」

「まつりちゃんをいじめる人」

次の瞬間、藤沢さんは清瀬さんに抱きついた。

ほっぺたをすりすりと擦りあわせる。清瀬さんも「やめなって」と言いながら、されるがままだった。

性格のまったく違うふたりは、こうしていつも一緒にいる。

「まつりちゃん、どうして気になる男子なんて聞いたの？」

「別に」

「娘のレンアイジジョーを心配するお母さん的な？」

「いいから、ホッチキス」

「否定しないんだ」

「ホッチキス」

束になった書類に、ガションガションとホッチキスをしていく藤沢さん。清瀬さんはそれを受け取って、一瞬考えこんだ。

「……左上じゃなくて、右上を留めて欲しかった」

ホッチキスの反対側で針を引き抜こうとする。だがまた途中で手を止めると、椅子にもたれかかった。

「抜かないの？」

「針、抜くと汚くなるし」

藤沢さんは悪びれずに笑った。

「まつりちゃん、ひとりで居残りして、生徒たちのために書類作成なんて真面目だねえ」

「そんなんじゃない」

「またまたー。小さい身体(からだ)でよく頑張りました」

「小さい言うな」

「よしよし」

「頭なでんな」

悪態をつきながらも、やはりされるがままだ。清瀬さんはクラスでも真面目で、クールで、ちょっと近寄りがたい雰囲気がある。だが、一線を軽々と越えていける唯一のクラスメイトの藤沢さんがいつも一緒にいて、和やかなお花畑フィールドを展開させているから、結果的に清瀬さんも「悪い人ではない」という認識に収まっていた。

「いいから、用事終わったし帰るよ」

「うん。今日も一日、おつかれさま」

床に置いたカバンを持ち上げ歩き去る清瀬さんと、それについて歩く藤沢さん。あまりに急だったので、逃げる間もなく、目の前の扉が開かれた。

「あ……えっと、志木くん？」

「う、うん。その……」

「何？　生徒会室に、なんか用？」

ちょっと怖い。

生徒会の腕章に、一方的な正義は我にありと、翳(かざ)されている気がした。

「あ、ち、違くて……その、高松(たかまつ)先生の手伝いの帰りで、通りかかっただけ」

化学教師の担任に、授業の準備を手伝わされていたと説明する。本当のことだし、化学室から教室に戻ろうとすればここを通るので、不自然ではないはずだ。

「えっ、いつも大変だね」

「いいんだよ、苦じゃないし」

「志木くん、器用でなんでもできちゃうから、頼られるんだよね」

ふわっふわの真っ白い小動物に尊敬のまなざしを向けられた。キャベツを与えて、彼女がもしゃもしゃしている隙に下顎とか撫(な)で回(まわ)したい。ではなくて、期待に応えたい、失望させたくないと、内心焦る。何をすればいい？　とりあえず、ここはニッコリ笑い返しておこう。

「志木くんって、本当に……」

　次の言葉は、なんとなく想像はついたし聞きたくなかった。

「本当に、いい人だね」

　知っているよ。それは誰よりも、おれがいちばん。

「そんなことないって」

　繰り返し「いい人だよ」と藤沢さん。それは教室でよく見かける、慈愛深い女神の、温かさに満ちた、誰にでも平等に与える、特別じゃない笑顔だった。

「わたし、志木くんみたいな優しい人、すごくいいと思う」

　頭の中がぐちゃぐちゃだった。

　次々とおれに、嬉しい愛しいを提供してくれる藤沢さん。だけど同時に、最近は最も望んでいないその「いい人」という言葉を、忍ばせて。

「どったの？」

「なんでもないよ」

「そう、じゃあよかった！」

藤沢さんに悪気はない。当たり前だ。

ちょっとだけ変わってるところもあるけど、そうやっていつでも純粋で、全力で、世界を愛そうとしている藤沢さんが、大好きだ。

「ゆき」

「うん。志木くん、また明日ね」

「ああ、また明日」

パタパタと上履きを鳴らして、清瀬さんと去っていく。

そうして廊下には、告白をしてもいないのにふられた、哀れなおれだけが残された。

その日の夜。おれは家に帰るなり、つかれてそのまま眠ってしまった。

目が覚めたのは八時前だったけど、夕食を摂る気分にもならない。家族に適当に散歩してくると告げ、制服のまま家を飛びだした。

家のすぐ近くの、賑やかな商店街。帰宅する人たちとは逆行しながら、ただ目的もなく歩く。

「いい人って……もう聞き飽きたな……」

おれはそうあろうとしてきたし、たくさん努力してきた。だけど、だったらなんで、その先がないのだろう。中学時代に好きになった人にも「いい人だと思うけど」とふられた。いい人だと思うけど……なんだ？　その先の言葉を、聞いたことがない。

商店街をそれて、路地に入った。

すると、意識していたわけではないが、大学附属高校の裏手にある、透姉ちゃんのアパートのすぐ側まで来ていた。

透姉ちゃんは学校の保健医で、おれの八コ上の幼なじみだ。母親同士が同じ保育園でパートをしていて、そこから関係が始まった。ただ、ここ数年は学校以外ではまともに話していない。

「透姉ちゃんなら……」

きっと、おれの望んでいる優しい言葉をくれる。「フータくん、元気ないですね？」「大丈夫、お姉ちゃんが味方です！」「一緒にいてくれると、お姉ちゃんも嬉しい」そんな、おれの憧れの人。生徒とも距離が近くて、みんなの人気者。ちょっと抜けているけど、それがまた安心するのだ。

情けない話だが、おれは透姉ちゃんに縋りたかった。都合のいいときだけ頼るなんて最低だけど、透姉ちゃんは笑顔で迎えてくれると知っていたから。

すると、アパートの一室から誰かが出てきた。二階の奥から二番目。あそこは透姉ちゃんの部屋だと思っていたが、出てきたのは、見慣れない制服を着た女子だった。

その女子が下りてきて、駅の方角へ歩いていく。

こんな時間にひとりでどこへ……と気になってチラ見する。

その横顔は、透姉ちゃんに非常によく似ていた。

「え」

似ているどころか、本人だった。

なぜか我が校のものではない制服を着た二六歳は、大きめの手提げカバンを持って、髪も後ろで束ねていた。

……何か危ないことに巻き込まれている？

それ以外、思いつかなかった。強要されて、あんな格好をしているのかもしれない。

幼い頃は、おれを弟のようにかわいがってくれた透姉ちゃん。おれの名前は「颯大」なのに、執拗に「フータ」と呼んだ透姉ちゃん。困っているのなら、ここで見なかったふりはできなかった。

透姉ちゃんが降りたのは、渋谷駅だった。

人で溢れるハチ公前を通り、スクランブル交差点を抜け、道玄坂を登り始めた。ほどなくして右に折れると、真っ赤なアーチをくぐっていった。

そこは、両脇を高層ビルに挟まれた、細い路地。

因果関係の見えない、絡まった糸のように建造物が乱立する。

光が光に当たって迷い込んでいるような、目映い世界。

渋谷区円山町。ホテル街だ。

おれとおれの思考が、分厚い氷に分断されたみたいで、うまく判断できなかった。ただ、何かよくないことに巻き込まれているのではないか、という予感は確信へと近づく。

行くしかないと覚悟を決め、大人の赤い門を、くぐった。


アーチの向こうは、別世界だった。

高層ビルの背に隠されるようにあったその世界は、レトロチックで雑多な路地。一見すると昔ながらの飲み屋街という感じなのだが、よく見るとところどころに、煌めくネオンやサイネージが貼りつけられており、なんともアンバランスで異様だった。

そして情けないことに、おれは初めての世界に圧倒され、透姉ちゃんを見失っていた。

狭く入り組んだ路地が多く、古新聞の小さな文字の間をすり抜けるような作業に、目が回りそうになる。しばらく行くと、駐車場にたどり着いた。赤い鉄格子と赤い壁で囲まれていて、物々しい。おれは壁に沿って左に曲がった。

その瞬間。見て、しまった。

細い道の先で、ひとりの女子生徒が、怖そうな男たちに囲まれているのを。

それはきっと、この街では日常の一部でしかない。

だが、事情も何も分からないけど、ひとつ分かるのは、このままではあの女の子は、ものすごくよくないことになる、ということだった。

「あ、あの！」

気付けば三人の男たちの前に立っていた。

「あ」

目のあった女の子が、そう漏らした。

彼女が着ている制服は、見たことのないものだった。

でも、その顔はよく知っていたのだ。似ているだけかとも思ったけど、多分本人だ。

なぜならおれのことを知らない人は、急に話しかけられたら「あ」ではなくて「え？」と言うだろう。

「清瀬さん……？」

おれが大好きなクラスメイト、藤沢（ふじさわ）ゆきさんの親友。

我が校の生徒会長、清瀬まつりさんだった。

「ど、どういうこと……？」

透姉ちゃんみたいな透姉ちゃんを追っていたら、清瀬さんみたいな清瀬さんに出会った。ふたりとも、ドッペルゲンガーということはないか？　異世界みたいな渋谷道玄坂では、ぽっかりと広がったビルの隙間の暗闇に飛び込めば、そのまま異世界に行けたりするのだろうか？

「お前、誰？」

左肩に入れ墨のある、タンクトップ男がおれを睨んだ。

「そこの人のクラスメイト、だけど……」

「アオイの？　へー」

男たちは清瀬まつりさんを「アオイ」と呼んだ。

「…………」

清瀬さんのきめ細かい肌に沈む真っ黒い瞳は、魂と直接に繋がっているかのような生命力でもって、おれを牽制していた。無表情に、だけれども確かに「余計なことは喋るなよ」という言外の言葉を、おれの喉元にあてがっていた。

「彼氏？」

「や。まさかそんな……」

清瀬さんが、動いた。

小走りにおれの方に寄ってきて、背中に回り、両手でがっしりと腰の周りを摑(つか)んだ。身長の低い清瀬さんにとっては、高さ的にそこがちょうどよいみたいだった。

「あの、助けて……ください……」

聞いたことのない声だった。

怖いのは、分かる。だけどこれでは、もはや別人じゃないか。横目で盗み見る清瀬さんは、小さく震えて、いまにも泣きだしそうだ。

「アオイ。俺たちはビジネスの話をしてんだ」

「大人だなんて聞いてなかった……です」

大人？ 誰が？

「三で健全なわけないだろ。ほら、こっち来いって」

「っ！」

清瀬さんはおれの腰を摑んだ手に、力を込めた。元々小柄だし、小動物のようだ。

「……もういい。無理矢理連れて行こうぜ」

しびれを切らしたのか、タンクトップ他二名が近づいてくる。そしておれの背中から清瀬さんを引きはがそうと手を伸ばしてきた。

そしておれは、判断した。

この手に摑まれたら、逃げることはできない、と。

「ちょ、やめ！」

思い上がっていたわけでも、高をくくっていたわけでもない。ただ、とっさに動いた。

だけど、それがいけなかった。次の瞬間には、おれの身体(からだ)が宙に浮いていた。

そして、硬いコンクリに強(したた)かに腕や脚を打ちつける。

声すらでない。下腹部の強烈な痛み。地面に転がり、小さく丸まる。

そこでおれは、タンクトップに腹を蹴り上げられたのだと、気付いた。

「はあ……」

その気怠(けだる)げで憂鬱を色濃く含んだため息は、清瀬さんだった。おれの知っている、いつもの清瀬まつりだ。

「ねえ、ちょっと」

反射的に顔を上げる。清瀬さんは男たちの方を向いていた。そしてスマホを取りだして、画面をタンクトップたちに見せつけた。

「パパに言いつけるから」

そして、当然のように言い放った。

タンクトップたちは、顔を見あわせる。

清瀬さんは、素行の悪い生徒を見咎める生徒会長のように、正義は自分にこそあると信じて疑っていない、毅然とした態度だった。

「私のパパ、元プロボクサーだから。いまも裏の世界では有名だから」

タンクトップは、堪えきれなくなったように、噴きだした。

それを皮切りに、三人は腹を抱えて笑う。本当に清瀬さんのお父さんが元プロボクサーなのか、裏の世界なんてものがあるのかは分からないけど、少なくとも男たちは信じていないようだ。

その隙におれは立ち上がり、震える足に力を入れた。

「清瀬さん！」

清瀬さんの腕をとる。

加減する余裕はなかったから、思い切りひっぱり、全速力で走りだした。

タンクトップたちは、なんとかまけた。

だがそれは、清瀬さんの功績だ。

清瀬さんは途中でおれの手を引き返すと、室外機の排気で黒ずんだビル壁と、苔の密集した塀の間におれを引き込む。そして、人ひとりが通れるくらいの隙間が開かれた窓から、ビルの中へと滑り込んだ。

そこは異世界だった。

赤みがかった照明に、甘い匂いの煙が薄く充満した、レンガ造りの雑居ビル。道の左右には、ほとんどが何のお店か分からない、来る者を拒むような堅牢な扉が並んでいる。格子の窓から中を覗き込むと、退屈そうにパイプを吹かす老婆が見えた。おれはなんだか怖くなり、前を歩く清瀬さんの背中を追った。

清瀬さんは、通路に置いてあった穴の空いた電飾スタンド看板に手を突っ込むと、中から鍵を取りだし、目の前の店の扉を開けた。そこは朽ちたバーで、お酒がまだ棚にたくさん残っている。それらを全部無視して、また窓から外に出た。

外は四方をビルに囲まれた、出入り口のない不思議な中庭だった。見上げると、ビル壁の延長線上にある青黒く滲んだ夜空に、凍りついた時計のような月が出ていた。

「こっち」

今度は、塀を登ってわずかに空いたビルとビルの隙間へと身体を滑り込ませた。置いていかれると二度と元の世界に戻れないような不安を覚えて、慌てて従った。

「ね、ねえ、この辺りは詳しいの？」

「パパに教わったから」

「パパ？」

「私のパパ、探偵なの」

ああ、浮気(うわき)調査とかでよく来そうだもんな、道玄坂。

「やっぱりさっきの、元プロボクサーってのは嘘(うそ)だったんだ」

「は？　本当だし」

ちょっと怒ったようだった。つまり清瀬さんのお父さんは、元プロボクサーで、いまは裏の世界で有名な探偵なの？

「いや、あの……清瀬さんのお父さんって、何者？」

ビルの隙間から、道路に抜ける。変なところから出てきたのに、周りの人にはあまり気にされなかった。そして清瀬さんは「何言ってんのこいつ？」みたいな怪訝(けげん)な目でおれを一瞥(いちべつ)したあと「あー」と、何かを理解したように、またおれを見た。

「あんた、まだ分かってないんだ」

清瀬さんは、少し楽しそうだった。

「私のパパ、ひとりじゃないの」

複雑な家庭環境なんだろうか。

すると彼女は、故人の形見を慈しむように、当選した大好きなアーティストのＶＩＰ席チケットを喜ぶように、手の中のスマホを胸に抱いた。

「私のパパ、一〇〇人いるの」

ナンセンスだった。

あなたが冷蔵庫にとっておいた大切なプリンは、プリンの方から私の口に飛び込んできたんです。そう言われたような気分だった。

「いや、おれは真面目に」

「私も真面目なんだけど」

冗談を言っている目には見えなかった。

「まあ、話はあと。見つかる前に、入って」

「どこに？」

「ここ」

親指で道の先を指し示すが、そこには何もない。敢えていうなら、ラブホのサイネージがあるだけだ。

「え」

ラブホの、サイネージが、あるだけ、だった。

「本気？」

ニコリとも笑わない清瀬さん。

クールな横顔が、黄緑やピンクのネオンで照らされて、妖艶な美しさを放っていた。


清瀬さんはラブホに入るなり、フロントの人に話して誰かに電話を取り次いでもらった。

「はい、お手間をおかけしまして、申し訳ございません。今度また、お食事でも」

電話口の相手に社会人のような口調で話し、電話を切った。

そして、戻ってきたとき、手に部屋の鍵を握っていた。

入ったのは、五〇八号室だった。大きな水槽が設置された、全体的に水色と白色でまとめられた部屋で、珊瑚や岩礁のデザインが点在していた。ベッドのスイッチを押すと、壁からブルーやエメラルドなど七色のライトが天井のドーム状になっている部分に照射されて、優雅に泳ぐ魚やカメが現れた。どうやらこの部屋は、海の中に沈んでいる設定らしい。

「透ちゃん先生が？　見間違いってことは？」

「おれもそう思いたいけど、本人の家から出てきたし……」

そんなロマンチックな部屋で、おれは清瀬さんにソファに座らされ、睨まれていた。ここに来た経緯を、藤沢さんにふられたことがショックで、という部分を除いて素直に話した。

「まあいいや。とりあえず、さっきは私を助けようとしてくれたんだよね」

「一応」

「ふーん」

清瀬さんはテーブルを挟んで、向かいのソファに座る。そして品定めするようにおれを見た。

次に言われる言葉は、なんとなく分かっていた。

志木っていい奴なんだね。これまで何度も言われてきた言葉。そして最近、ちょっとだけ嫌いになりかけている言葉だ。

「バカなの？」

撤回。なんか思ってたのと違った。

「バカじゃん」

断定になっていた。

「腹に蹴り入れられて、あんだけ走れるのはすごいけど、そもそも最初から人呼べばよくない？」

「む、無我夢中だったから」

「違うでしょ。考えてないだけだって」

なぜ？　自分で言うのはおかしいんだけど、おれ、身体を張って女の子を守ったんだよね？　その結果、ラブホに連れ込まれて説教されるって、どういう状況？

「えっと……」

「まあ、いいや。ちょっとだけ、上向いて」

素直に従う。すると清瀬さんはポケットからハンカチを取りだし、おれの口周りに優しくあてがった。

「動くなって」

触れられると、ヒリっとした痛みがあった。さっき地面に倒れたときに、ケガをしたようだった。

「悪かったよ。つい文句言っちゃったけど、助けてくれたんだよね」

急に怒ったり、親切にしたり、よく分からない。

「男の子は無鉄砲で浅はか。そんなこと、当たり前なのに。そして、そういうところが、かわいいのにね」

こともなげに告げられるが、不意打ちだった。

「意外だ」

「何が？」

「そんなふうに、優しくして」

「はあ？」

「清瀬さん、ちょっと怖いって思ってたから。いや、いまも思ってるけど」

「あんた、正直だなあ」

それは呆(あき)れたような、感心したような。

「自覚はあるよ。周りに怖がられてるってね」

「じゃあ、もうちょっと愛想(あいそ)良くするとか」

「なんで？」

「なんで……」

そう言われると、おれもよく分からないけど。

「別に、いいじゃん。私がみんなと仲良くしても、誰も得しないし」

「そんなことはないと思うけど」

「じゃあ、何？　私といると、誰がなんの得すんの？」

おれは彼女のことをほとんど知らない。これからもきっと、知ることもないだろう。それに彼女の目は相変わらず真っ直ぐで、追及するのが躊躇われたのだ。

「あの、いい加減教えてくれない？」

おれは、少し強引でも話題を変えることにした。

「パパが一〇〇人って、何？　あと、なんで渋谷にいたわけ？　そもそも清瀬さんって、何者？」

「え、何そのセリフ。ウケる」

清瀬さんは乾いた笑い声を上げた。

「まあ、いいけど。どうせすぐに分かるだろうし」

清瀬さんは深くソファに座り直す。毎日顔をあわせているはずだけど、そこにいるのは、いつもと違う清瀬さんだった。知らない制服に身を包んだ彼女が、青い海の底で佇んでいる姿は、幻想的だ。おれを挑発するように微笑んでおり、美しく、妖しい。差し込んだエメラルドの光を宿す瞳に魅入られ、彼女の手をとろうものなら、暗い海の底で岩礁の隙間に誘われてしまいそうだ。

「私、パパ活、してる」

「パパ活？」

「そう。パパが一〇〇人くらいいる、パパ活女子なの」

宇宙人、未来人、異世界人、超能力者、パパ活女子。

それは、おれがほとんど知らないようで、まったく知らないものたちだった。

スマホで、パパ活を検索する。

「パパ活。主に女性が、経済的な余裕を持っている男性と時間を過ごし、その対価として金銭を得ること。実際には身体(からだ)の関係も含まれることもある」

「そういうこと」

「せ、生徒会長なのに？」

「それ、関係ある？」

関係ないかもしれない。一般生徒だとしても、問題だなって。

「ど、どこまでやってるの？」

「いいじゃん、別に」

答える義理はないだろう。

だが一般的には、健全なデートだけで終わるようなイメージはなかった。

「危ないよ！」

思わず、立ち上がる。声に力が入った。

「知ってるけど」

「え……そうなの?」

「当たり前じゃん」

拍子抜けだった。気にしすぎだとか、慣れてるから大丈夫とか言われると思っていた。

「じゃあ、やめた方がいいでしょ。何かあってからじゃ遅いし」

「はあ、そうかもね」

清瀬さんの心にはまったく響いていなかった。露骨に退屈そうに髪の毛をイジって、おれと目もあわせなかった。

青白い室内に、小さく唸る冷蔵庫のモーター音と、水槽の水音が響いていた。

「清瀬さん」

「うん、よく分かった」

清瀬さんが、ようやくおれを見た。

その表情は先ほどまでとは違い、和やかだった。口の端で小さく笑っていた。悪意のない、瑞々しい植物の茎のような真っ直ぐな声色だ。

だけど、なぜだろう。おれは彼女から、明確な拒絶の意志を感じた。

「ありがとうね、私のために。でも、今日のことは内緒」

清瀬さんは立ち上がり、ドアの方へ歩いていった。

おれにはそれを引き留める理由がなかった。このまま行かせたら彼女との関係が終わることも分かった。そうなってしまって何が困るわけでもない。むしろ、そうすべきだ。

だけどおれは、気付いたら清瀬さんの肩にかけていたバッグの紐を掴んでいた。

「……何？」

決して無愛想でない、優しい声。

だけど、冷たい声だった。

「さっき、言ったよね。清瀬さんといて、誰がなんの得をするのかって」

「それが？」

「おれが、得する」

「は？」

「おれは、清瀬さんともっと一緒にいたい。清瀬さんのこと、知りたい」

バッグを掴んだまま、彼女を真っ直ぐ睨みつけた。

「意味分かんないんだけど」

「おれも分からない」

正直に話す。すると清瀬さんは、ふっと破顔した。

「変なの」

呆れたような声。おれはつい、身を引いてしまいそうになる。だけど、さっきの明らかに拒絶の色を含んだ柔らかい笑みより、ずっと温かい。

「そうだね、せっかくホテルに入ったんだし」

清瀬(きよせ)さんは、さっきまでおれが座っていたソファにバッグを置いた。

「やること、やろうか」

清瀬さんは、制服の裾を摑んで、一気にまくり上げた。

「ちょっと⁉」

制服が脱ぎ去られた瞬間、清瀬さんの滑らかな長い髪がふわっと広がる。同時に柔らかくて甘いリンスの香りが充満し、鼻の奥をくすぐった。露出した真っ白いなだらかな肩と、そこにかけられた頼りない青色のノースリーブの肩紐が目をひいた。

「ふう……」

「なんで脱ぐの⁉」

「汗かいたし、せっかくだからシャワー浴びようと思っただけなんだけど」

「あ、そういう……」

なんだ。やることをやるなんて言い方、意地が悪い。

「違う、待って！　納得しかけたけど、よくない！　家で入って！」

「せっかく綺麗なバスルームなんだからもったいないじゃん」

「我慢して！」

「覗いたら、学校と志木くんのご両親に相談します」

「急に生徒会長にならないで！」

　それから清瀬さんは、本当にバスルームへと消えていった。

「ていうか、生徒会長がパパ活やってる方が問題だからね！」

「じゃあ、言えば」

　明らかに、おれが言わないことを分かって提案していた。

「で、話の続きなんだけどね」

　その声はバスルームから聞こえてきた。どうやら脱衣所の扉を開けっぱなしにしているみたいだ。服を脱ぐ衣擦れの音なんかも聞こえてきて、生々しい。

「私にはたくさんのパパがいるんだけど……」

「う、うん。そうみたいだね。今日も声とか性格とか、変えてたし」

「そう。声も性格も、設定も年齢も、そしてファッションだって、パパにあわせて変える。パパの趣味だって勉強して、話についていけるようにしてる」

「それは……すごいね。大変じゃない？」

「もちろん。だけど、楽しい」

「そうなの？」

「そう。相手のことを考えて、設定を練ったり、オシャレをしたり。もちろん、気に入ってもらえないときもある。でも、それはそれで楽しい。反省して次に活かせるから。逆に、デート後にまた会ってほしいって言われたときは、最高に心が躍る」

反響して少しだけ聞き取りづらかったけど、明らかに高揚していた。まるで部活の大会での戦績を報告するように、趣味の音楽の話をするように、大事に育てていたラナンキュラスが花を咲かせたかのように、誇らしそうで、幸せそうだった。

「つまり、パパ活が好きってこと？」

「そうなるかな」

きっと、その言葉に嘘はなかったはずだ。

クラスの女子が、誰と誰が付き合っただの離れただのと話しているときの、テンション上がりすぎて甲高い弾力のある声。いまの彼女からは、それと同じものを感じた。

「私は、そういう悪い子だから」

悪い子。清瀬さんは自分のことをそう表現した。

おれはよくいい人だと言われるから、真逆だ。

「だけど、おれはあんまりそうは思えないけど」

気付いたら、口にしていた。パパ活が悪だからって、それをしている清瀬さんが悪だというのは、イコールじゃない気がした。

「悪い子だよ。条例違反だし。ビッチだし」

「条例違反でビッチなら、悪い子なの？」

「そうだよ」

「どうして？」

「どうしてって……何が言いたいの？」

「清瀬さんが悪い人だって思えない」

「なんで？」

「今日、一緒にいての感想。なんとなく、だけど」

「あんたが私の何を知ってんのよ」

「何も知らない。だから、なんとなく」

「……なんなの、あんた」

清瀬さんの声に、怒気が混じる。自分でもなんでこんなにムキになっているのか、分からなかった。

「あの、外野があれこれ勝手に言ってごめん。だけど」

「あー、そういうこと」

清瀬さんはおれの言葉を遮った。そして、シャワーの音がやむ。

「清瀬さん？」

何を納得したのだろうか。よく分からないが、何やらゴソゴソしているのを感じる。シャワーを浴びて、身体を拭いて、服を着ているのかもしれない。

そしたら……。

「分かった」

脱衣所から、出てくる。

バスタオル姿の清瀬さんが、立っていた。

「私とやりたいんだ」

「はっ、はあ⁉」

あまりの衝撃に立ち上がったおれの前までゆっくりと歩いてきて、妖しく顔を覗き込んできた。

「素直になれば？　この期に及んで言い訳する方が恥ずかしいよ」

清瀬さんは細い指で自分の首筋をなぞる。切りそろえられた爪が、血色のいい肌の上で

艶(つや)やかに輝いて見えた。自分と違ってまったく骨張っていない手の甲にも、目を奪われる。

それを邪(よこしま)な気持ちで見ていないとはいわないが、それよりもただただ綺麗だと感じた。

「はい、こっちこっち」

手首を掴まれ、連れていかれる。シャワーを浴びたばかりで、そこだけが柔らかくて熱い。そしてベッドまで連れてこられると……。

「どーん」

両肩を突き飛ばされ、そのまま押し倒された。

「おれ、ホントにそんなつもりじゃ！」

「はいはい。男の子はみんなそう言うの」

清瀬さんは、美しかった。

髪から、頬から伝う水滴が首筋を通って鎖骨へと至る。そして鎖骨を這(は)うようにして斜めに滑り落ち、さらに下へ下へと向かう。そして最後には、胸元に巻かれた真っ白いバスタオルに吸い込まれて、消えた。

「かわいい男の子、嫌いじゃないよ」

衣服も髪も乱し、おれを見下すように笑う清瀬さんは、美しかった。細い手首に体重を乗せ、おれの胸を押してくる。そんなの、簡単に振り払えたはずだ。だけどそうしたくなかった。その瞬間、彼女はおれのためにはいなかったとしても、おれは彼女のためにいた。

それに、いまここでおれが、彼女の手をとってキスでもすれば、新しい物語を始められるような気すらした。

「触って」

バスタオルがずり落ちないように胸元を押さえた左手を、さらに上へと押しやる。すると清瀬さんの胸元が強調された。

「清瀬さん……」

おれは、その先に進みたかった。

もっと清瀬さんを知りたかった。

だから……。

だから絶対に、そこに触れてはいけないと思った。

「……ちょっと」

触ったのは、おれの胸に押しつけられた清瀬さんの右手だった。彼女の手首を掴(つか)んで押し返す。

「本当に、違う。そういうつもりじゃない」

「ねえ、マジで意味が分かんない。何がしたいの？」

「ずっと言ってる。おれは、清瀬さんのこと、ちゃんと知りたいって」

「だから、それが意味分からない。知ってどうすんの？」

「分からないって。なんか気になるんだって」

「もー！　話になんないじゃん！」

そうかも。ほとんど初対面に近い状態で、こんなこと言われたら困惑するよな。

「私のことなんか知っても、何も得しないでしょ！」

「そんなことない。だって清瀬さんは、おれを助けてくれた。短い時間だけど、一緒にいて楽しかった。そんな清瀬さんが、悪い子だなんて……なんか悔しいじゃん！」

自分で言って、ハッとした。多分、そういうことだ。

おれは清瀬さんの人となりを知って、それを彼女自身が否定するのが、嫌だったんだ。

「……悔しい、ね。そんなの、私だって」

清瀬さんはまた、おれに迫ってきた。透き通った瞳に近くから真っ直ぐ見つめられ、言葉をなくす。だけどそれは先ほどの妖艶な雰囲気ではなく、ただ真剣に、そして縋るようですらあった。

「私は、悪い子なの」

自分に言い聞かせるような、力強い声。

透き通った瞳は奥まで続いていたけど、どこまで行っても何もなくて、空っぽで、見えなくて、眠くなってしまいそうだった。

「私はパパ活をしたの。私がこの先の人生で友達をかばって撃たれて死んだり、すっごく勉強して総理大臣になったり、募金箱に一〇〇億円入れたりしても、私はパパ活をした。だから私はもう、パパ活をした悪い子、それ以外の何者にもなれない」

一言一言を、嚙みしめるようだった。

言葉を発するたびに、見えない植物の蔓が、清瀬さんの腕を、足を、首を、紫色にうっ血するまで締めつけている。お前はどこにもいけない、何者にもなれないんだって。おれはそれがたまらなく哀しい。

そして清瀬さんも、なんとか抜けだそうって足搔いてるような気がした。

「生徒会長になったのも、それが理由?」

清瀬さんが顔を上げた。

おれを正面から、突き刺すように見る。

そのとき、初めて清瀬さんが、おれと目をあわせてくれた気がした。

「……………先生に、頼まれたから」

嘘ではないと思う。だけど、決して真実ではない。清瀬さんはパパ活に後ろめたさを感

じていて、それを打ち消すために生徒会長になったんじゃないだろうか。だけど、それで
パパ活をしてる事実が消えるわけではないし、消したくもない。

「あの、清瀬さんは、どうして……」

「パパ活なんかって？」

清瀬さんはおれから顔を放して、立ち上がった。

「知るか、バカ」

バスタオルに手をかける。

そしてその意味をおれが考える間もなく、勢いよく取り去った。

「わっ、うわあああああ！」

「うわああってなんだ、失礼だろ」

ひっくり返りそうな勢いで、ベッドの上を後ずさった。

だけど彼女はまったく慌てる素振りなんてなくて。

それどころか、ニヤニヤ笑っていた。

「着て、る？」

バスタオルの下は、先ほどのノースリーブのシャツだった。

「当たり前じゃん。男子がいる前でシャワーなんか浴びるかっての」

「騙したの？」

「試したって言いなよ」

何を試したのか、試してどうするのか、そんなことを聞く余裕はない。

ただ脱力してソファに座り込み、おれは二〇分は動けなかった。

聞くと清瀬さんは、ホテルでシャワーは浴びてはおらず、髪は濡らしただけだし、身体を擦る音にいたっては、スポンジでゴシゴシと床をお掃除していただけらしい。そんなものに騙された自分が情けなかった。

「あんた、ゆきのこと好きでしょ」

清瀬さんは、落ち込んでいたおれに言い放った。

無事、渋谷から逃げ帰った、最寄りの元住吉駅。

すっかり人気のなくなった商店街を清瀬さんと並んで歩いていたときだった。

「なん、で、知って……」

「私がどんだけ、ゆきに寄ってくる虫に目光らせてると思ってんの」

バレバレだったらしい。

「今日も最初はさ、いい人のふりをして、私に気に入られるのが目的だと思ってた」

「どういうこと?」

「ゆきの親友である私に気に入られれば、ゆきとの仲を取り持ってもらえるじゃん?」

なるほど。そういう考え方もあるのか。

「うーん、そうだなあ」

それから清瀬さんは考え込んでしまった。ふたりして、商店街の五叉路（ごさろ）のど真ん中で立ち止まった。

「……あんたにお願いするのは、手かもね」

「なんのこと?」

おれの質問には答えないまま、清瀬さんはこちらをマジマジと見た。おれの頭のてっぺんから、スニーカーの先まで。これはあれだ。値踏みしている。

「相談があるんだけど」

清瀬さんは、再び歩きだした。おれもそれに倣（なら）う。

「あんた、ゆきの彼氏になってくんない?」

いま、とんでもないことを言われた気がする。

「ゆきの彼氏になれって言ってんの」

理解が追いつかない。まるで、やたらスタイリッシュで用途不明な最新鋭の超小型家電を手渡された気分だ。さて、なんに使うものでしょうか？　でも、その清瀬さんの言葉を上から斜め下から、くるくる回して観察するけど、さっぱりだった。

「あの、意味が」

「ゆきが誰かと付き合えば、悪い虫を追っ払えて私も少しは安心できる。で、あんたは悪い虫ではなさそうだし」

なるほど。理屈は、分かった。

清瀬さんの言う通り、穢れなき新雪が、大通りの排気ガスにもすぐに染まってしまうように、藤沢さんはこの都会で生きていくには真っ新すぎる。地に舞い降りる前に、君の居場所はここだよって両手で受けとめて、優しく包み込んであげないといけないのだ。彼女はおれの体温で溶けてしまうかもしれないけど、綺麗な雪解け水となって、おれの手のひらに吸い込まれるのならば、それでもいい。

「ふふ……ふふふ……」

「……ねえ、キモい」

「え、あ、別に！」

いけない、気持ちが先走った。

それに冷静に考えれば、まず大きな問題がある。

「おれ、ふられたんだけど」

「間接的にね。これから印象変えていけばいいじゃん。私ももちろん、できるだけのことはするし」

「藤沢さんの気持ちは？」

「もちろん、最後に決めるのはゆき」

「そうは言うけど……」

「もう、はっきりしない。あんた人としての難はあるけど」

あるんだ。

「それを矯正すれば、スペックは悪くないし。てか、この話、何かあんたに不都合ある？」

ない、かもしれない。

彼氏の候補者として、清瀬さんはおれの誠実さを買ってくれたのだ。であれば、おれは公式の審査を受けて、フェアにその資格を勝ち取ったとみていいのではないだろうか。

心強い助っ人（すけっと）がいるのならば、縋らない手はない。

「分かった」

「契約成立ってね」

「う、うん……」

「よろしく、フータ」

「こちらこそ。清瀬さん」

「まつりって呼べ」

「よ、よろしく。……まつり」

まだまだ頭の整理が追いつかないものの、きっとこの選択は正しい。ちょっとこそばゆい気がしたけど、悪くない気分だった。

「じゃ、さっそくだけど、ゆきに告白してみようか」

「……は？」

「レッスンに関しては私に絶対服従。それから、パパ活のこと誰かに話したら、あんたとラブホに行ったって秒でバラす」

「はあ⁉」

「死ぬときは一緒だから」

おれはこれから、藤沢さんにふさわしい男になる。だけどその前に、ちょっと怖いけど、本当は友達思いで、そして、自分を悪い子だって思い込んでいる、不思議な女の子、まつりについて、もっと知らなければいけない気がした。

急な坂を登ると、ライトグリーンの鮮やかな建物が見えてくる。継ぎ接ぎだらけのオンボロな建物で、二階部分が賃貸になっており、私と母はそこに住んでいた。錆びついて茶色くなった鉄扉を、片手で開ける。ちょっと左上に力を入れながら押すのがコツだ。扉は開いたが、この前雨が降ったせいか、手に錆び臭さが残った。そして無骨な鉄製の階段をできるだけ静かに上り、スクールバッグからすっかり色落ちした小鳥のキーホルダーがついた鍵を取り出し、扉を開けた。

「ただいま」

玄関はダイニングキッチンと直結している。学校指定のローファーを脱ぐと、目の前の閉じられた襖を見て、母は寝ているようだと安心した。

「お母さん、今日は不思議な男の子に会ったよ」

スクールバッグを椅子に置いて、私自身ですら聞き取れないほど、小さな声で話しかけた。絶対に聞こえてほしくなかったけど、聞いてほしかった。

その子はパパ活のことを知っても、嫌がらなかったんだよ。偏見で話さないで、それがどういうものか、ちゃんと知ろうとしてくれたよ。ちょっと図々しくて、距離感おかしいけど、不思議と平気だった。ねえ、もしかしてその男の子なら、私のこと。

襖の奥で、母のスマホのアラームが鳴った。私は声が出そうになるのを抑え、忍び足で隣の自分の部屋へと逃げ込む。そして静かに扉を閉めると、制服のままで布団（ふとん）に潜り込み、息を殺して、母がこっちに来ないように願い、震えながら、寝たふりをしているのだった。

2. 二回目の恋

小鳥の囀る、爽やかな朝。いつもより早く登校してきたおれは、いつもと変わらない真っ新な廊下を歩く。昨日迷い込んだ渋谷の赤い門の向こう側は、ネオンと薄暗い路地で構成された異世界で、もはや現実だとは思えない。まつりと入ったラブホテルも、音をなくした真っ黒い海の底に沈んだかのように、本当にあったことなのか、もう分からなくなってしまった。

「フータ」

声をかけられ、振り返るとまつりが立っていた。

目が半分閉じていた。

「怒ってる?」

「眠いの」

シンプルにそれだけ言うと、さっさと自分の下足棚に靴をしまい、上履きを床に放り投げた。

「朝、弱いんだね」

「弱い」

だがまつりはいつも通りバッチリ決まっていた。校内に吹き込むそよ風に、片手で髪を押さえる様も、右足を上げて上履きのかかとに人差し指を突っ込む様も、通りかかる男子高生を三度見させる破壊力を持ちあわせているだろう。

「何こっち見てんの？」

「見てただけだよ」

「えっち」

頭が回っていないせいか、なんにも考えていないようだった。

「ていうか、私までこんな早く来る必要あった？」

「透(とおる)姉ちゃんが、まつりも連れてきてほしいって」

「絶対アレじゃん。秘密を知った者は生かしておけん、的な」

「お前を殺して私も死ぬ！　ってやつ？」

「それ、痴情の縺(もつ)れじゃん」

透姉ちゃんには、まつりと別れたあとにすぐにラインをした。

渋谷に行ってまつりとのことが解決したのはいいけど、元は透姉ちゃんを追ってきたのだ。安否を確かめる連絡だったけど、他にこのことを知っている人はいないかと聞かれたので、パパ活の件を隠してまつりのことを伝えると『明日の朝、お話しします』『清瀬さんも一緒に連れてきてください』というメッセージが返ってきた。

「ま、なんとなく私は分かるけどね」

階段を上り、保健室前まで来ると、扉をノックした。

「透姉ちゃん？」

「……どうぞ」

透姉ちゃんの声がして、扉を開ける。五月の草の香りがする風が、忍び込んだ。

透姉ちゃんは、なぜか部屋の真ん中でおれたちを出迎えるように立っていた。保健医であることを象徴する、白衣を羽織っていた。

「フータくん」

甘えるような、優しい声色。そして大人としての余裕も感じられる、生徒を愛しく許すような笑顔だった。

「……フータくうん」

だけど、もう一度吐かれた「フータくん」は、大人としての余裕も威厳も、すべて諦めていた。同時につーっと、頬をひと筋の滴が伝った。

「言わないでぇ……」

ポロポロと溢れた涙の粒が、保健室の真っ白いタイルにハタハタと落ちる。透姉ちゃんはいつもの美しい保健医の顔をやめて、ただ追い込まれたように怯えていた。

「ひっ!?」

「お、落ち着いて透姉ちゃん！」

慌てて駆け寄る。透姉ちゃんはその場にくずれ落ちて、両手を顔で覆い、おいおいと泣きだした。

「言わないでって、なんの話？」

「決まってるじゃないですかあ」

そうだね、決まっているね。あのこと、だよね。

「制服でしょ」

まつりがそう言うと、透姉ちゃんが魚みたいに跳ねた。

「ちょっと、まつり」

「え、だってその話をするために呼んだんじゃん？　売りの話」

実は、途中からなんとなく分かっていた。

まつりと会って、パパ活のことを知って。

だったら状況から考えて、透姉ちゃんがやっていたことも……。

「透姉ちゃん、もしかして……パパ活やってる？」

「……ぐすん。正確には、パパ活されてる側ですね」

買われる側ではなく、買う方ってことらしい。

「まあ、たまに買われることもありますが」

そっちもあるらしい。

「おねっ、お願いですフータくん！　このことが知られたら、私、学校にいられませ
ん！」

「いや。学校どころか、シャバにいられないんじゃ」

「ふぇぇ……」

「言わない、言わないよ！」

「な、なんでも、なんでもしますから！」

そうは言われても。

「清瀬さんも！」

透姉ちゃんは、まつりに向き直った。

まつりは露骨に不快そうに、透姉ちゃんを見下していた。って、教師をなんて目で見て
るんだ。

「そんな曖昧じゃなくて、何を、何を言わないかはっきり言ってください！」

透姉ちゃんは、なぜか急に強気になっていた。

「……透ちゃん先生が、夜な夜な女子高生の制服を着て、自分より年下の若い男を買い漁り、自作台本集に則って、相手に演技をさせ、最終的にコトに及」

「ぎゃあああああ！　なんてこと言うんですか!?」

「言えって言われたから」

「そこまで知ってるとは思わないじゃないですか！　ていうか、マジでなんで知ってるんです!?」

「私のパパ、大学生だから」

「は、はい？」

「透ちゃん先生が買った人のなかに、私のパパがいたってこと」

「………………あー！　それってもしかして、ピンク髪のアニメアイコンの！」

「そう」

「というか、清瀬さんがパパ活を!?」

「まあ」

「言わないよ」

「えー！　青春ですねー！」

透姉ちゃんは嬉しそうだった。そこは普通「危険ですよ！」とかでは？　教師がパパ活をしている生徒を前に「青春ですね」は、なかなかに狂っている。

「あ、でもそうなると、私がアニメアイコンに渡したお金が、清瀬さんに渡された、ってことになりますね」

「だから、何？」

「私たち、パパ活姉妹ですね！」

まつりは、心底汚いモノを見る目をした。

公園のじめっとした石をひっくり返したら、よく分からない多足生物がわらわらと逃げだすのを見てしまったような。

「あ、え、えっと……でもまつり、よかったの？」

まつりは、パパ活のことは知られたくなかったはずだ。

「透ちゃん先生の秘密を握ったわけじゃん。私もパパ活してるけど、社会的な罪の重さは透ちゃん先生の方が重い。だから、私がヘマしてパパ活がばれそうになったら、揉み消してもらおうと思って」

「む、無理ですよ⁉　私に、そんな権限！」

「なんでもするって言ったよね？」

「ふぇぇ……」

だから、教師を脅さないでほしい。

「私のパパ活がバレたら、透ちゃん先生も道連れね」

「ひっ」

透姉ちゃんは、怯えながら小刻みに頷いた。

「あの、透姉ちゃん？　でもなんで制服着てたの？　買う側なら、そんなサービスしなくてもいいんじゃ？」

「いえ、あれは私の趣味です」

「趣味？」

「はい。ＪＫになりきって、高校生とデートするのが趣味です」

「…………そう」

分かった。

この人、ダメな大人だ。

「もうお嫁にいけない……。フータくん、責任とってね……」

なんの？　疑念は尽きない。

「う、うん」

「ホント？　嬉しいです！」

子どものような無邪気な笑顔に、おれの良心が痛まないわけではない。だけどここは、とりあえずそう答えておくのがいいだろう。

おれと帰る方向が同じらしいまつりと、一緒に下校する。

都内に続く網島(つなしま)街道をふたりで南下するが、おれは微妙に居心地が悪かった。

「透ちゃん先生、フータの初恋？」

「えっ、そういうわけじゃ……」

「あるでしょ」

なんで分かったんだこの人。

「男の子ってそんなもんでしょ。安直で浅はか」

「う、うーん」

「女子は男子より、いろんなことを考えてるんだから」

家でもよく姉が「男ってホントにバカ」と言っている。女子の目には男子はそう映るのだろうか。

「透姉ちゃん、憧れの人だったから」

「じゃあ、パパ活女子だったのはショックだろうね」

「そうなのかな？　よく分かんない」

要は理由なんじゃないだろうか。透姉ちゃんの場合は……趣味って言ってたな。ダメだ。同情できない。

「で、でも、約束とかはちゃんと守る人だから……」

「私のパパ活の話？　まあ、実は大丈夫。いざとなったら私のパパ、教育委員会のお偉いさんだから」

「また物騒なことを……」

教育委員会のお偉いさんがパパ活してる方が大丈夫じゃない気がする。

「ねえまつり。それよりも、いいの？」

「何が？」

「ここ、外だけど」

この辺りは車通りも人通りも多い。もちろん、うちの学校の生徒もまだたくさん下校している。時折、知っている顔も見かけるし、実際見られているのも分かる。なんだかおれはすごく申し訳ない気持ちだ。なのにまつりは、おれと時折肩がぶつかるくらいの距離感で、横を歩いている。

「そんなに、おれにくっつかない方がいいよ」

　おそらく、言葉通り。とぼけているわけでも、嫌味でもない。普通、男女が仲良く下校していたら、周りはそういうことなのだと認識するはずだ。

「変な噂が立つかも」

　まつりは、ようやく言葉の意図を理解したようだった。

「あー……ね。そんなこと」

「そんなこと、って」

「大丈夫でしょ。私なんかと噂になるわけないし」

　私なんんか。

　まつりはそう言った。おれには理解できなかった。

　まつりはクールで、みんなの憧れの生徒会長だ。近寄りがたい雰囲気はあるが、書記の頃からファンが多いのも知っている。端整な顔も、スタイルの良さも、それを維持するだけの努力があったはずだ。そして何よりも、なぜか学校ではその能力を発揮しないが、どんな相手とも仲良くなれる社交性を持っている。努力家で、友達思いの優しい女の子。

なのになぜ、まつりは自分のことを「なんか」と言って、頑なにパパ活をしたから悪い子だと、譲らないのだろうか。

「まつりは、なんか、じゃないよ」

まつりは不思議そうにおれの顔を覗き込んできた。

「急に、何？」

「あ、えっと、その……」

恥ずかしくなる。そして、悔しくなる。

まつりに自信をもってほしいと感じたのは事実だけど、それを裏付けるだけの根拠が、おれの知っている限りではまだ乏しい気がしたからだ。何者にもなれないと考えている彼女は、裏を返せば、何者かになりたいのだろう。応援したい、励ましたいが、そのためには、まだまだもっとまつりのいいところを知らなければいけない気がした。

「ごめん、なんでもない」

「変な奴」

まつりは、アスファルトのひび割れから顔を出した野花のように、控えめに咲いた。いつもはクールなのに、こうやって控えめに笑う彼女が意外で、見とれてしまった。

「ま、誤解されないためにも、フータはさっさとゆきに告白しないとね」

逆に、おれは真顔になったけど。

「今度の土曜日、ゆきと電車に乗って水族館に行こうって話してるから。分かった？」

「い、いや、分からない……」

「電車知らない？　車輪がついてて、レールっていう鉄の」

「そこじゃない！」

本気なのかボケなのか分からんなこの人。

「昨日も言ったでしょ。ゆきの件に関しては、私に絶対服従。だからあんたは、土曜日、水族館でゆきにロマンチックに告白するの」

「順序ってもんが……」

「あんたのレベルにあわせてたら、目指せ学芸会になっちゃうじゃん。幼稚園児とは恋愛しないから」

とはいえ、あまりにも勝算が薄くないだろうか。いまのおれには、無謀と犬死にという言葉がよく似合う。

「まだなんかある？」

……いや、信じよう。

まつりのことはまだ知らないけど、信じると決めた。であれば、信じ切らなければ意味がない。中途半端にするのは、協力してくれるというまつりにも失礼だろう。

「告白、します……」

「骨は拾うから」

骨、残ればいいなあ……。


土曜日も、よく晴れた。

家族連れで賑わう、武蔵小杉駅。

行き交う人の波の狭間でおれたちは注目を集めていた。

「えーいつの間に！　なれそめは⁉」

藤沢さんがおれの両肩に手を置き、ぴょこぴょこ飛び跳ねながら大きく揺さぶってくる。

これはあれだ。夕方に帰宅した主人に突撃してくるわんこだ。

「おち、落ち着いて、ふじさ」

「わたし、全然気付かなかった！　ねえ、いつ⁉　いつから⁉　まつりちゃんのどこが好き⁉　わたしはね！　内ももにある、ハート形の」

そうじゃないと答えるが、聞いちゃいない。なんかひとりでずっと喋ってる。まつりに横目で助けを求めるが、我関せずひとりスマホを弄っている。これはあれか、しばらく何を言っても無理だって分かってるからか。

「ちが、違うんだ……助け……」

藤沢さんに絡まれるのは嬉しい。だけどまつりの彼氏だって勘違いされていたり、今日これから彼女に告白するっていう緊張とか、周りの人の目が気になったりとか、もうわけが分からなくなっていた。

藤沢さんが落ち着くのを待っていたら、電車を三本逃していた。

水族館に着くと、何度も来ているらしいまつりに案内される。おれと藤沢さんは初めてだ。入ってすぐのところでユニークな特別展示もやっていたけど、ひとまず通常の順路へ。薄暗い館内に、涼しげな青の光が満ちていて、幻想的な雰囲気だった。

「わー、綺麗！」

小さく飛び跳ねながら、目をキラキラと輝かせる藤沢さん。おれはもう、彼女しか見ていなかった。

「あんまり大きな声、出しちゃダメだよ」

「分かってるよー！」

藤沢さんは大きな声で返事して、水槽に張りついた。ああかわいい。ニット生地のエメラルドグリーンのワンピースが似合っていて、むちゃくちゃかわいい。腰を縛っている白いフリルと、頭に巻いている白いバンダナがアクセントになってすごく映えているし、抱えている小さなカバンとパンプスもベージュ色で揃えられていて、落ち着いた雰囲気。いつもと違う、ポニーテールも新鮮だ。

「あははっ、この魚、ヘンテコな顔ー」

もはや水族館のライトアップも、色とりどりの魚たちも、藤沢さんを引き立てるための演出でしかなかった。

「余裕、ありそうじゃん」

藤沢さんを観察していると、まつりの責めるような声がした。

「魚になって藤沢さんの家で飼われたい」

まつりは、湿り気を含んだ目でおれを睨んだ。だけどその姿も様になっている。まつりは、ワインレッドの、襟とリボンのあるシャツを着ており、下は「それ見えませんか?」ってくらいミニな黒いスカートで、黒のパンプスを履いていた。さらにいうとまつりの真っ黒くてサラサラな髪も相まって、全体的にワインレッドと黒の二色しか使っていない、非常にシックで大人なコーデだ。だけどリボンとかさりげないフリルもあしらわれていて、地味な感じはしなかった。

「何見てんの？」

「あ、ごめん。見とれてたかも」

反射的に口にしてしまう。

「あんた、割とナチュラルに私を褒めるよね」

「だ、だって、本心だし……」

「確かに、女子って男子が思っているよりもずっとロマンチックだから、多少クサいくらいがいい」

「え、じゃあ、いいことなの？」

「あんたのはやりすぎ」

シンプルかつストレートなダメだしをいただいた。

「まあ、でも、私はいいよ」

「えっ」

「私には、言っていい。ストレートに、そういうの」

目をそらして、少し小さな声だった。

もしかして、照れてるのか？

「とにかく。今日の目的、忘れてないよね？」

「忘れたい」

「忘れてないよね？」

「……藤沢さんに、告白する」

「そう。それが、あんたの至上命題」

昨日は眠れなかった。今日、人生初の告白をするということもそうだが、今週はいろんなことが起きすぎていて、頭が追いついていない。

それに、まつりを信じるとは決めたが、もしかしてまつりには何か裏の目的があって、おれに玉砕してほしいのではないだろうか、という思いも捨てきれないでいた。

「……何？」

よくない。信じると決めたばかりだ。

どちらにしても、このままではおれに勝ち目はない。だったら、乗るしかないんだ。

「やるよ」

「うん、いい顔してるじゃん」

今日、おれは、藤沢さんに告白する。

水族館の大水槽の前にやってきた。

多種多様な魚が回遊するその水槽。おれは「ええんやで、自分のペースでやれば」と励ましてくれているエイの和やかなお腹の顔と永遠に目をあわせていたかった。

「ちょっと、なんでバッグ置いてるわけ？」

「だ、だって、藤沢さんの座る場所、確保しておかないと」

「自分の上着とかあるでしょ。預かったバッグは置かない。汚れるから」

「な、なるほど」

藤沢さんは幼稚園児の集団に交じって、大水槽の真ん前で魚たちを眺めていた。その間におれは藤沢さんの席を確保しておこうとしたのだが、さっそくまつりにダメだしを受けていた。

「あと、座るのはもっと下の段。膝の位置が目線の高さに近い。パンツ、見える」

「そんなことまで気にするの⁉」

下の段に移動する。そして藤沢さんのカバンはしっかり自分の膝の上に。女の子とデートするって、大変なんだなあ。

「でも、普通女子は下にスパッツ穿いてるけどね」

「え？」

「え、じゃなくて。当たり前でしょ。こんな短いスカートで外を歩き回るとか、痴女じゃん」

痴女じゃん、っていつも思ってました。

「そっか。穿いてるのか……」

「この世の終わりみたいな顔すんな」

「だってさ、実際に見えなくてもいいけど、スパッツを穿くということは、もしかしたら見えるかもっていうドキドキすら奪う卑劣な行為じゃん」

「卑劣言うな」

「夢を見ることすら許されないって……はあ……」

「ど、どんだけショックなわけ？」

それはもう、おれの常識がひとつ崩れ去ったのだから。

「しばらく立ち直れないかも」

「大げさだなあ」

まつりは立ち上がり、カバンをおれに投げてよこした。

「わっ、急に何？」

「席、とってて。私のバッグ、置いとけばいいから」

「でも、汚れるし……」

「いいから」

そそくさと去っていく。床に置くなと言ったのに、本人は気にしないらしい。

それからおれは、幼稚園児と仲良く談笑する藤沢さんを眺めていた。

「お待たせ」

まつりはすぐに戻ってきた。

「どこ行ってたの？」

「デリカシー」

判定厳しい。

まつりは何も説明せずに、おれからカバンを受けとる。そしてチャックを開けると、手にしていた黒い布のような何かを突っ込んだ。

「それ、な……」

と、聞こうとして口をつぐんだ。デリカシー。

「……ねえ、まさか」

「デリカシー」

さっきは手ぶらで去っていったのだ。なのに手には何か黒い布のようなものを持っていた。まさか……。

「いまのスパッツ……？」

「言っとくけど、下着は穿いてるから」

つまり、下着以外は穿いてないってこと？

「いきなりいろいろ言って、少しへコましたし」

「いや、教えてもらってるのはこっちなんだけど」

「こういうときは、素直にありがとうって言っておけばいいの」

目の前の水槽を睨みつけるまつりの横顔からは、怒っているらしい以外の感情が読みとれなかった。

「……ばか」

違う。多分、恥ずかしいんだ。

だったらそんなことしなければいいのにって思うけど、おそらくまつりは本当に罪悪感があって、あときっと、大げさに残念そうにしたおれのために、そうしてくれたんだ。

この人、実はものすごく気遣いなのでは？

「ありがとう」

だったら、師匠の言う通りにお礼を言って、あとは深くは追及しまい。彼女の気持ちは、純粋に嬉しかった。……だけど。

「……あんま、見るなって」

「ご、ごめん！」

結局、謝ってしまう。

空調のせいか、微妙にはためいているまつりの短いスカートと、そこから伸びる真っ白な太ももが気になって、視線が吸い寄せられてしまうのだ。

「ねー、ふたりで何話してるのー？」

いつの間にか、目の前に藤沢さんがいた。

「ゆき、サメはもういいの？」

「うん！　チョーかわいかったよっ！　口がこーんなに大きいの！　まつりちゃんくらいなら、ひと口でいけちゃうかも！」

「小さい言うな」

「言ってない思ってないよ〜。よしよし」

「頭なでんな」

まつりはやはりされるがまま。ホント、仲いいんだなあ。

すると、まつりがおれを横目で睨んだ。

瞬間的に、正確に、その意図を理解する。

和んでいる場合ではない。おれは決死の覚悟を決めて、今日に臨んでいるのだ。

「あの、藤沢さん！」

「わっ。し、志木くん？」

ちょっと、ボリュームをミスった。

いきなり驚かせてしまったが、構わず続けるしかない。

「こ、この先にペンギンがいるんだけど、一緒に行かない⁉」

言ってしまった。もう、あとには引けない。

藤沢さんは、真顔だった。考えているのか、呆気にとられているのか。

もしかしたら、普通に嫌がられるかも？　ほとんど話したことのない男子とふたりでなんて……。

「うん、行こう！」

だが藤沢さんは笑顔で答えてくれた。

「あっ、ありがとう！」

よかった。これが他の女子だったら、警戒されるだろう。だけど、藤沢さんだ。誰に対しても偏見も先入観もない、おれの好きな女の子なのだ。

「じゃ、私はちょっと休憩したい」

まつりは靴を脱ぎ、座っていた長椅子に両膝を抱えるようにして乗せた。

おれと藤沢さんをふたりにしたいが故の演技なはずだが、本当につかれているような印象も受けた。

「何？」

おれは、黙ってまつりを見ていた。

正確には、まつりの一部を見ていた。

釈明すると、意識的に見ていたわけではなく、目に入ってしまった。そして、思考が追いつかずにそのまま固まってしまった。

だから、許してほしい。

怒らないで、欲しい。

「……ばっ！」

気付いたまつりが、慌ててスカートを押さえた。

顔を真っ赤にして、おれを睨む。

おれは気付かなかったふりをして「どうしたの？」みたいな顔をした。

「職員会議と、保護者会で問題にしてもらいます」

ダメだったけど。

「でもまつりちゃん、スパッツ穿いてるでしょ?」

下着までは見えなかったらしい。穿いていない。穿いていないんだよ、藤沢さん。

「もう、いいからふたりで行ってきなって」

まだ恥ずかしそうではあるが、一応許してくれたらしい。ごめん……というのはおかしいかもだけど、やっぱりごめん。


ペンギンの水槽まで歩く道中、ほとんど藤沢さんがひとりで話していた。

「それでね。桃缶の賞味期限がその日までだったから、走って帰ったんだけどケーキを焼いてる途中で気付いたのね。五日が賞味期限の桃で作っても、食べるのは六日だから、大丈夫じゃないかもって」

「う、うん」

「そこでわたしは思いだしたの。あの桃缶、買った初日、間違えてお母さんが冷凍庫に入れちゃってたことを。冷凍してると賞味期限過ぎても大丈夫って感じするじゃない? だから、あの桃はもう一日は保つんじゃないかって」

「そもそも、そんな厳密なものじゃ……」

「ん？」

「や、なんでも……」

藤沢さんの話を聞いていると、目の前に自動ドアが現れる。その向こう側には煌々とした光が射しており、屋外へ通じているのだと分かった。

「この先だよね、ペンギンさん！」

藤沢さんは早足で自動ドアを抜けて、屋外に出る。

すると目の前に、ペンギンの水槽が現れた。

「志木くん、見て見て！」

ひとり駆けていく藤沢さん。

屋上に作られたペンギンの水槽は、チューブ状になっていて頭上に広がっていた。その中をペンギンが優雅に行き来し、水の向こうに青い空と太陽が透けて見える。

「すごーい！　綺麗！　ペンギンさんが空を飛んでる！」

水族館側が求めていた、一〇〇点の感想を言ってみせる藤沢さん。おれはまつりの「女の子は多少くさくてもロマンチックなものが好き」という言葉を思い出しながら、彼女の横に並んだ。

「志木くん、知ってる？　ペンギンさんってね、本当はすっごく足が長いんだよ？」

「そ、そうなの？」

「うん！　だけどね、足の骨のほとんどが身体の中に隠れてるんだって。だから、歩くのは苦手で、あんなよちよち歩きなんだよ」

「…………へえ」

なんだ、へえって。消えたい。

藤沢さんはまったく気にした素振りもなく、本当に楽しそうだけど、いまのは失点だ。挽回しないと、告白どころではない。

「ふ、藤沢さん！」

「どったの？」

「あれ！　やらない⁉」

おれは売店の方を指さす。

そこにあったのは、クジ引きの機械。大きくて透明なボール状の装置の中に手を入れ、大量に舞っている紙のクジを掴むという、イベントなどでよく見かけるものだ。

「え、面白そう！　やりたい！」

「よかった。ほら、特賞が当たれば、ペンギンの大きなぬいぐるみが貰えるみたいだよ？」

「わたし、ウミウシがいい」

言われて、よく見る。

五等～特賞まですべてぬいぐるみが景品で、メインはペンギンなのだが、特賞と書かれた棚の上には、巨大なペンギンと、巨大なウミウシが並んでいた。

「ウミウシ、好きなの？」

「好き！　顔の上を、うぞぞ～って這わせたい！」

独特な愛情表現をする。が、藤沢さんが好きだというのなら、やることは決まっていた。

「でも、その前にわたし、ちょっとお手洗い行きたいな」

「あ、うん。分かった」

「ごめんね、志木くん。ちょっと待っててね」

ハタハタと、元来た建物の中へと戻っていく。おれはこれを、好機とみた。女子トイレは、混んでいて時間がかかるのだ。

「いまのうちに……」

元々、告白するきっかけに困っていた。

帰ってきた藤沢さんに、当たり前のように特賞のウミウシを渡す。あくまでさりげなく、だ。それが格好いいできる男というもの。そしてウミウシにテンションマックスな藤沢さんに対して、思いを告げる。……これしかない。

最上段のウミウシを睨みつける。

青を基調としたボディ。そのサイドには、さながらヘッドドレスのような、イエローのフリフリがついている。ツノは鮮やかなオレンジ色で、燃えさかる炎のように、天に向かって揺らめいていた。

「当ててやる」

勝負の鍵は、時間と運。

告白して成功するなんてハナから勝算の薄い戦いなのだから、動くときは動くことが必要なのだ。

めげそうだった。

逐一お会計をしていては間にあわないと踏んだおれは、まず五回分の二五〇〇円を払った。それでもゲットできたのは、三等がひとつ。あとはすべて五等だ。続く五回分は、すべて四等以下。さらに次の五回分は、なんとか二等を当てたものの、残りはやはり四等以下だった。

「このお金があれば、売店で定価で買えたのでは……」

急激に弱気になる。次の五回をベットするのが躊躇われて、三回に抑えてしまう。それでも機械の中に突っ込んだ手は、迷いがあるためか虚しく空をかき、時間だけが過ぎていった。

ビニール袋に詰め込まれた、息苦しそうな水族館の仲間たち。困惑する新人さんっぽい女性店員。上段でふんぞり返って嘲笑う特賞ウミウシ。考えてみれば、仮にゲットできなかったら、この大量の三等以下のぬいぐるみたちが、余計に悲壮感を漂わせるのではないか。おれはまた、自分で状況を悪くしてるのではないか。

「志木くん？」

タイムリミットはあっけなく訪れた。

突っ込んだ最後の三回分が不発に終わったところで、遠慮がちな声がかかった。

「ふじ、さわさん……」

「あの、それって」

「……ごめん」

謝ってしまう。藤沢さんからすれば、なんのことか分からないだろうに。だけどもうおれは、こんな空回ってばかりの自分に嫌気が差していた。別に、今日だけの話ではない。

友達が欲しくて、誰かに好かれたくて、それなりの努力をして、それなりのことはできるようになったはずだ。なのに、おれはずっとひとりだった。あまりにも理解できなくて、それは世界が自分を拒絶しているのではないかと、本気で思ってしまうほど、追い込まれているのだ。そして何よりも、そんな情けないところを大好きな藤沢さんに見られたことが堪えて、もう謝ることしかできなかった。

「飲み物買ってきたから、少し休も？」

藤沢さんは、おれに聞いたこともないマイナーなエナジードリンクを差しだしてきた。見ると自分も同じものを買っている。なんで敢えてこれなのか、まったく意図が分からなかったが、おれはそんないつも自然体の藤沢さんに、どこか安心してしまった。

「ありがとう……」

ちょっと泣きそうになりながら。
だけど、それを絶対に悟られてはいけないと、無理矢理笑いながら飲み物を受けとった。

館内に戻り大きな水槽の前で、藤沢さんに特賞のウミウシをプレゼントしたかったことを話した。戻ってくる前にゲットして渡せれば、きっと喜んでくれると思ったこと。だけどもちろん、こんなことを真面目に話せるわけなかったから、精一杯笑って、心で泣いていた。

「おれが勝手にしたことだから、気にしないで。ね？」

「……志木くんって、いい人だよね」

唐突にまた、例の言葉を言われてしまう。やはり、嬉しくなかった。

そしておれは、気付く。

もの悲しそうな、申し訳なさそうな、だけど傷ついてしまわないかと不安そうにおれを見上げる、その優しい瞳。おれは過去何度も、この目を見てきた。藤沢さんに限らず、おれをいい人だという人はみな、この目をするのだ。

最高に惨めで、消えてしまいたいおれに向けられたこの感情は……。

「……そっか」

いい人だよねは、慰めの言葉。

何かうまくできない人に対してかける、哀れみの言葉だ。

「あのね、志木くん。わたしは、志木くんと一緒に、クジ引きがしたかった」

真っ直ぐにおれを見ている藤沢さん。その視線は決して鋭利ではないが、鈍くもなく、柔らかいおれの水晶体くらいは貫いて、後頭部までは届くような。

つまりは少なからずの、容赦された不満が、見てとれた。

「ご、ごめん藤沢さん！　そんなつもりは！」

「あ、ううん！　こちらこそ！　怒ってはないの。ただちょっと、寂しかっただけ」

「ごめん……」

「わたしこそ、ごめんね。志木くんはいい人だから、わたしのために頑張ろうってしてくれたこと、分かってたのに」

いまのいい人は、言葉通りで悪い意味ではない気がした。

「それに、志木くんはちょっと真面目すぎるよ。もっと気楽でいいと思うな」

「そう、言われても……」

「まあ、難しいよねえ。わたしもさ、同じようなところあるから、ちょっと分かる」

見当もつかない。いつでも自然体で、誰に対しても分け隔てなくて、みんなの人気者の藤沢さんが、おれみたいな悩み？

「まあ……いろいろ……」

ふと、藤沢さんの顔が陰った。

それは薫風にそっと潜んだ、煤けた香りよう。おれの肌に纏わりついて、爪の間に、目尻に入り込み、ざらつき、違和感となって残る。野火を示唆するようなそのサインに、おれは底知れない不安を覚えた。

「とにかく、誰かのためにとか、あんまり考えないで、自分に素直になりなよ」

だけど、そんなことをしたら、本当に孤立してしまう。これだけ足掻いてなんとか他人との絆を儚いながらも繋ぎとめているのだ。他人は関係ない、おれはひとりでもいい、そう割り切って生きることができるほど、おれは強くないから、みっともなくそれに縋るしかない。……いい人で、居続けるしか、ないのだから。

「大丈夫だよ」

だけどそれでも、藤沢さんは優しくそう言った。

春風の繊維を薄く織り込んだような柔らかい手のひらで、おれの手を握った。

「わたしは、受け入れるから」

水槽を透過した柔らかく青い光が降り注ぐ。

こんな高層ビルと喧噪に塗れた大都会にも春が来るように、おれみたいな世界に弾かれた人間にも、春は来る。おれはそれを、自分なんかが享受する権利も価値もないんだって思って、ずっと汚れた海の底に沈んだ藻屑のような気持ちでいた。だけど。

「そのままでいいよ、志木くんは」

息をしていいんだよって、言われた気がした。

その言葉は、夢の中を漂う雲のような滑らかさと、胃の中に落ちた黒い鉛のような圧倒的な質感をもって、おれの中に収まった。柔らかな藤沢さんの手の温もりが、おれと世界を繋ぎとめてくれたんだって、知った。まだ少し冷たい風に吹かれても、七分袖の真っ白いシャツで駆けだしたくなるような、心の高揚を感じとった。

「藤沢さん……」

自然と、涙が伝うのを止められなかった。

「わ！　志木くん、どうしたの⁉」

「好きです」

「へ？」

「藤沢さんのことが、好きなんです」

陽の当たる場所まで手を引いてくれた彼女が。

一滴の水から逃げだしたプリズムのように、世界に飛び散って眩しい輝きを放つ彼女が。

藤沢さんが、好きなんだって。

おれは素直な気持ちを、伝えた。

「志木くん……」

おれはクジ引きで当てた、三等のウミウシを取りだす。藤沢さんの求めた特賞には到底及ばない、情けないサイズ。だけれども、それがいまのおれなんだって、こんな中途半端だけど、この好きが抑えきれなくて、ぬいぐるみをそっと差しだした。

「もし、よければおれと」

ただ正面から、藤沢さんを見つめた。彼女の瞳は、朝露を蓄えた深い森の岩肌のように、小さく輝き、それでいてすべてを飲み込むように真っ黒だ。黒すぎて、おれにはそこに奥行きがあるのか、入り口で終わっているのか、分からなかった。

「ごめんなさい」

藤沢さんは、深々と頭を下げた。

「あ……」

言葉が、出てこなかった。

「そうだよね……ごめん」

おれは泣けばいいのか、おどければいいのか、真面目に答えればいいのか。それすらも分からなかった。だけど初めからうまくいくわけなかったんだって思いだして、適切な言葉を探すことを諦めた。間違った道の先で、正解を求めること自体、意味がない。

「あ、ダメ」

「えっ」

「謝るのは、ダメ」

ぴしゃりと、言われた。手の平をおれに見せて制するように。藤沢さんに似つかわしくない、明確な否定だった。

「だって、わたしは好きだって言われて嬉しかったから。わたし、困ってないよ。むしろ」

藤沢さんは言葉を句切った。

そして少し考えて、右手の人差し指で、おれの頬を刺した。

「わたしたち、もっともっと、仲良くなろう？　ね、ふうちゃん？」

雪が解けて、春が来る。

だけど、桜が散って、また目映いばかりの光り輝く冬を待ち焦がれてもいいように。

真っ白いベールを被ったような優しい笑顔に、おれは二回目の恋に落ちた。

「だ、騙したな……」

月夜に負け犬の虚しい呟きが、霧散して消えた。

『何を言うか。むしろ誠実に約束を守ろうとした結果でしょ』

藤沢さんとデートしたその日の夜。

おれは自宅のマンションの庭で、まつりに抗議の電話をかけていた。

「ふられるって分かってて、告白させたじゃん！」

『むしろ成功すると思ってたの？』

それは、まあ、思ってなかったけど……。

『じゃあ、何も騙してなくない？　私はゆきが、一度ふった程度で関係を切っちゃうような子じゃないって知ってたし、むしろそれくらいしないとあの子はあんたを意識しない』

「う……」

『宣戦布告みたいなもんよ。これからおれのことを見ていてください、ってね。あと、こんくらいやんないとフータ、前に進めないでしょ』

いちいち正論過ぎてつらい。「が」とか「ぐ」とか、何か言い返したくて、でも言い返せなくて、情けない濁音が漏れては、芝生の上にポロポロと菓子クズみたいに散らばった。

『まー、本当に告白できるとは思ってなかったけど』

「そこは信じてなかったのかよ！」

溜(た)めていたせいか、大きな声がでた。ごめんなさい、ご近所さん。

『でも、これで分かったでしょ。あんたには、何もかも足りてない』

その通りだ。ふたりきりになったときも、藤沢(ふじさわ)さんばかりに喋(しゃべ)らせた。その後も彼女を喜ばせようとクジを引いたけど空回って、フォローされた。かと思えば、その彼女の優しさに感極まり、勝手に救われた気になって、告白した。向こうからしたら意味が分からないだろう。なのに藤沢さんは嫌な顔ひとつせず、もっと仲良くなろうって言ってくれた。

惨敗も惨敗も惨敗。生きているのが不思議なくらいの傷を負っている。

「ありがとう。おれ、頑張るから」

『素直じゃん』

「素直も何も、おれはおれのためにやるだけ」

『そうだね。だけどそれは私もそう。フータがゆきにふさわしい彼氏になってくれれば、私も嬉しい』

それがおれたちの結んだ互恵関係だ。だけど、おれはこの関係の歪さが気になっている。これから一緒にやっていくのであれば、きちんと聞いておきたい。

「どうしてまつりは、そんなに藤沢さんのために必死になれるの？」

まつりは不意を衝かれたのか、急に黙った。

『なんの話？』

「藤沢さんに彼氏ができたら、まつりは嬉しい。それは分かる。でもそれって、正確にはまつりじゃなくて、藤沢さんのためでしょ？」

『同じでしょ』

「違うよ。他人のためにここまでできるなんて、まつりは藤沢さんをどう思ってるの？」

また、受話器の向こうでまつりは黙った。

おれはただ、夜空に浮かぶ適当な星を結んで、そこに何か意味ある形を見つけようとして、まつりの言葉を待った。

『ゆきは、こんな私を、そんな私でいいよって言ってくれたから』

まつりは、独り言のように呟いた。

『私、あんなにゆきをぞんざいに扱っているのに、ずっと一緒にいてくれる』

ぞんざい、とはいうが、それはきっとまつりが素直になれないからだ。態度はそっけないが、いつも気遣って大切にしていることは、よく分かる。

『だから、よ。そんだけ』

「……そっか」

きっと、今日藤沢さんと話す前にこの話を聞いていたら、理解できなかっただろう。だけどおれは今日、まったく同じことを藤沢さんに言われた。彼女は、そういう人なのだ。誰かのありのままを受け入れて、許してくれる。おれやまつりみたいな、端から見たらちょっと変わった人に対しても、偏見がないのだ。

「いい人だよね、藤沢さん」

『いい子なのよ、ゆきは』

彼女のことを好きになれて、よかった。

もし仮に、この恋が成就（じょうじゅ）しなくても、彼女と向きあった時間は、おれにとって誇りになるだろう。

3. 曖昧な季節

それから、まつりとは登下校でよく話した。

毎回ってわけではないけど、ラインで連絡をとりあって、都合が合う日はなんとなく一緒に帰る流れができていた。だけどそこで何か特別な話をするわけではなく、藤沢さんとの仲を進展させる作戦会議をしたわけでもなく、本当にただ、雑談と呼ぶにふさわしいどうでもいい話題ばかりを交わした。一度、生徒会の人たちと鉢合わせしそうになり、近くのホテルに駆け込んでしまうというトラブルがあったくらいだ。

とはいえ、このままで終わるつもりはもちろんなかった。だからおれがまつりにも大分慣れて、特に緊張することもなく話せるようになった頃。

おれから、藤沢さんの好きな桃を食べられる店を探しに行きたいと、まつりを誘った。

「お待たせ」

ゴールデンウィークも最終日の日曜日。元住吉駅(もとすみよしえき)の長いエスカレーターを上り、改札前の緑に囲まれたベンチに、まつりを見つけた。

「まつり……？」

　まつりは行儀良くベンチに座ったまま目を閉じ、おれの声が聞こえていないようだった。

　眠っているのかな？　と思い、じっと見つめる。まつりはホットパンツに白のブラウスに、エメラルドグリーンのシャツを羽織っていた。足下もスニーカーで、かなりラフな格好だと思う。顔もほんのりと血色がよいから、軽くメイクもしているのかもしれない。それが、バッチリ決まっている。シンプルな格好で十分サマになるのだと感心した。

「……あ」

　目を開けたまつりと目があった。

　どうやらイヤホンで音楽を聴いていたらしい。

「何を聴いてたの？」

「あー……ね。よく分かんない」

「分からないって？」

「サブスクで、人気曲のランキングを上から聴いてたから」

　イマドキに詳しいまつりらしい。だけどそれは、まつり自身の趣味とは違う気がした。

「まつりは普段、どんなの聴くの？」

「んー、普段から聴いてるよ、サブスク。だから、なんでも」

「音楽にはこだわらないってこと？」

「そうなるかな。ちょっと前は、男性アイドルばっかり聴いてたけど」

まつりは、某有名アイドル事務所に所属している『プリティーフェイス』というグループ名を挙げた。

「好きだったの？」

「別に。私のパパ、アイドルだから。そのパパはまだ、売りだし前なんだけど」

そのための勉強、ということらしい。

「フータも、聴く？」

それは気軽なお誘いだった。

会話の流れで発生した、本当に他愛のない言葉通りの意味。

だけどおれはその言葉に、全力で頷（うなず）いた。

「どうしたの？」

「おれ、やってみたい」

「やるじゃなくて、聴くんでしょ」

「そうなんだけど……ほら、ええと」

「はっきり言いなって」

恥ずかしい、すごく。

それはおれにとって、憧れのひとつだった。そしてまつりなら、そのお願いを叶えてくれるかもと考えたのだ。

「一緒に、ひとつのイヤホンで聴いてみたいんだ。ほら、えっと、そこに座って……」

う、うわ……。おれ、何言ってんだろ……。

「えっ」

「ああいや！　なんでもない！　いまのなし！」

大慌てでかぶりを振った。恥ずかしすぎてダメだこれ。

「あー……ね。だけど、そう言われても……」

「い、いいんだ！　だから忘れて！」

「そうじゃなくて」

まつりはなぜか、困っているようだ。嫌だからではなく、純粋に悩んでいるというか。

まつりは手に持っていたイヤホンを、見せてくれた。

それは、親指ほどのサイズのコードレスイヤホンだった。

「無線⁉」

「有線じゃないのよねー」

頭から大きな水の塊を引っ被ったみたいだった。

昨今は有線よりもコンパクトで持ち運びやすい無線イヤホンが主流だ。音の遅延もかなり解消され、有線の煩わしさから解放されることを覚えると、もう元には戻れない。しかしその技術の進歩は同時に、おれが憧れ焦がれた『ひとつのイヤホンで恋人と肩を寄せあって音楽を聴く』という一大イベントが絶滅に瀕しているということだ。

「IT化の波が、こんなところにまで……」

「これ、ITなの?」

まつりが怪訝そうにおれを見る。どうやら普通に心配してくれているらしい。

「そんなにふたりで音楽聴きたかったわけ?」

無言で頷く。するとまつりは、今度こそ呆れたようにため息をついた。

「こっち来なって」

まつりはおれの腕を引っ張って、近くのベンチに座らせる。そして自分も隣に座ると、イヤホンを取りだした。

「はいこれ」

「いや、でも無線だし」

「いいから」

申し訳ないが、『プリティーフェイス』の曲に興味はない。まつりが好きだというのなら

また少し違うが、本人も好きなわけでない。だったらそれはもう、おれの人生において

不要なものだ。

「つけて」

すねて渋っているおれに、まつりが無理矢理イヤホンの片方を握らせてくる。なので仕

方なく、左耳につけた。

「一曲だけだから」

そして次の瞬間、左肩にふわりとした重さがあった。

「えっ」

「前向いて、前」

慌てて首の向きを戻すけど、目だけで懸命に自分の左側を見る。

そこにはまつりが、おれに寄りかかるようにして、いた。

「ん」

しかも今度は、頭を左肩に乗せてきた。

ひと束の花のような心地よい重さと、流れる水のような髪の滑らかさ、そして涼しげで

清潔感ある石けんのような香りを感じる。信じられない気持ちでもう一度横を見ると、間

違いなくまつりがいて、おれの身体に密着している。胸が小さく上下している様子も、その向こう側に見える瑞々しい太ももまで、しっかりと見えた。

「これがしたかったんでしょ」

「う、うん」

「今日、晴れてよかったね」

通りがかる子ども連れの母親に見られ、ふと微笑まれる。きっと、おれたちが仲のいい高校生カップルに見えたのだろう。なんだか、誇らしい。まさにおれが憧れていた、理想の恋人同士って感じがする。だがいつまでもキョロキョロしていると不審がられるので、まつりに倣って目を閉じ、左肩のぬくもりと音楽に集中することにした。

「……いい曲だね」

軽快なアップテンポと、あんまりうまくはないけど一生懸命なラップだった。

「おれ、多分、今日のこと忘れない」

「大げさな奴」

「この曲も、忘れない」

「フータにとって、これがいい思い出なら、そうだろうね」

「どういうこと？」

「思い出は、曲に宿るって私は思ってる。いい思い出も、悪い思い出も、そのときに流れていた曲を聴くと、浮かんでくる。だから」

まつりは薄目を開けて、おれを見た。

「フータはこの下手くそなラップ、絶対に忘れられないよ」

おれは笑った。まつりも下手くそだって思っていたんだって、それが面白かったのだ。

時間は押したが、電車と徒歩で目的のカフェのある場所までやってきた。

下調べは、もちろんしていた。だけど、桃のパフェというのは時期的にちょっと早いので、本当にあるのかと少し心配していた。そしたら……。

「開放的なカフェだね。テラス席？」

「私には駐車場に見える」

なかった。店が。

「そんなはずは！　ちゃんとブログで見たし！」

マップによると、ここで間違いない。だけど目の前には、真っ黄色の下地に、真っ赤な字で『一日最大一五〇〇円』と書いてあった。

「あ……最終更新日が五年前？　えっ、でも、最新記事のアイコンが」

「五年前に最新だったんでしょ。減点七〇」

だけど減点を言い渡したまつり本人に、まったく気にした様子はなかった。

「リサーチしておいてよかったね。私は駅前のラーメンでもいいよ」

バチンと、強めにお尻を叩かれる。本人は多分、背中を叩いたつもりなんだと思う。悲しき身長差。

「よ、よくないよ」

デートのレッスンなんだから、これ。甘えはよくない。

「ちょっとこの辺り、歩いてみていい？　良さそうな店があるかも」

それからおれたちは、新丸子駅前の商店街を歩いた。ここは藤沢さんの住んでいる武蔵小杉からでも、歩いてくることができる。

「ねえ、フータ。あれ、カフェじゃない？」

まつりの視線の先。民家の間に紛れ込んだように小道があって、気をつけていないと見落としてしまいそうだったが、小さな看板が出ていた。

「行ってみよう」

小道の入り口に置かれた、看板の前まで来る。

アンティークのように古めかしい木製の椅子に、小さな黒板が載っていた。周りには青々とした植物が茂っており、それらに紛れるようにして、アイアンの電球や、ブリキの如雨露（じょうろ）、そして同じくブリキ製の馬のような置物が添えてあった。

「『CAFE　HANATABA』。花と緑と、美味（おい）しいコーヒーのお店です、だって」

小道の先を見ると、背が高く青々と葉を伸ばしている木から、植木鉢の中で控えめに、だけど個性的な形の葉を伸ばしているものまであって、その先に店内へと続いているらしい木製の扉が見えた。

「かわいいカフェじゃん」

「桃はないっぽいけど……」

「残念だなあ」

きびすを返す。だけどまつりはまだ、店を見ていた。

そのまなざしは真剣だった。敷地（しきち）内の植物を見ているようだった。

「まつり？」

「……なんでもない。ほら、桃を探しに行こ」

背を向けて歩きだす。藤沢さんが好きな桃を探すのが目的ではあるけど、もっと優先すべきことがある気がした。

「入ろうよ」

「いまデートしてるのはまつりだろ？　だったら、まつりが好きな場所に行こう」

まつりは何も言い返さずに、代わりになぜか、おれのことをつま先から頭まで順に見た。

「……口説く相手、間違えてない？」

「なっ⁉」

気付くとまつりは、いつもおれをからかうときのようにニヤニヤとしていた。

「また、そういう冗談を」

「不純異性交遊は、保護の対象になります」

「善意しかない！」

「減点八〇」

まつりはおれを無視してお店に続く緑道に入っていく。減点の意味は分からない。

「だからなんで⁉」

理不尽な減点に抗議しようと、まつりを追う。

だけど結局、まつりは終始ニヤニヤしているだけで、理由は教えてくれないのだった。

店内は、木のぬくもりを感じる温かい空間だった。

シンプルで装飾は少なく、天井も高くて開放感がある。だけど壁や机には、さりげなくドライフラワーやオシャレな空き缶の画が飾ってあったりと、落ち着きのある、かわいいお店だった。

和やかな店員さんに、テーブルのふたり席を案内される。そしておれたちはメニュー表から、それぞれ食べたいものを注文した。料理はすぐに運ばれてきた。

「男子って、カレー好きだよね」

「い、いいじゃん別に」

おれが頼んだのは、ビールで煮込んだチキンカレー。丸く盛られたごはんに、たくさんお肉の入ったルーがかけてある。端には、赤くてサイコロ状の薬味が添えてあった。

「まつりは……それ、オシャレだね。赤いスープ？」

「ビーツのポタージュ」

まつりが頼んだのはハンバーグプレート。女の子の拳くらいのサイズのハンバーグに、目を引くような真っ赤なスープが添えてあった。

「好きなの？　ビーツ」

「別に」

別に、ですか。

「かわいいじゃん。写真見て映えそうだなって思って」

「あ、そういうのやっぱり気にするんだ」

「気にするっていうか、あんたがゆきと来たとき、これ頼んだら話題にできるでしょ」

まつりは、丁寧にビーツのポタージュをスプーンですくって、自然とおれに差し出した。

「これ食べてれば、オススメだってゆきに言えるじゃん。食べたこともないものを、人にすすめる気？」

「じゃあ……」

差しだされたスプーンに、顔を近づける。恥ずかしいので、あまりまつりは見ないようにして。おれが小さく口をあけると、滑らかで温かいポタージュが入ってきた。

「おいしい？」

「……うん。好きかも。なんていうか、さらさらしてる」

「よかった」

午後の日差しが優しく差し込む、緑豊かなカフェで、まつりは小さく咲いた。

「このお店はいいかもね。ゆきの家から近いし、きっと好きだと思う」

まつりは自分のハンバーグを切り分けて、おれの皿の端に置いた。あまりにその動作が自然で、お礼を伝えることを忘れてしまうくらいに。

「あのさ。ちょっと聞きたいことがあるんだけど」

まつりのこと、短い期間でたくさん知った気がする。

おれに優しくしてくれて、藤沢さんのことが大好きで、実は結構な照れ屋なまつり。たまにものすごく嬉しそうに笑うまつり。

そんな、まつりは……。

「まつりは、将来の夢って何？」

ハンバーグを切る手が止まった。

まつりは一生懸命、おれが好きな女の子と気持ちが通うようにと応援してくれている。だけど、まつり自身は？　まつりが何をしたいのか、好きな食べ物はなんなのか。音楽も、ファッションも、何が好きなのか。おれは知らないのだ。

「夢とか、特にないけど」

「じゃあ好きなものとか？」

「……別に」

別に。

その言葉も、まつりと付き合うようになって、よく聞いた言葉だった。

「まつりはさ、なんにでも詳しいよね。どんなファッションでも似合うし、いろんな流行を知ってる。だけど、おれ、まつり自身が好きなものって、知らないんだけど」

「まあ、ないから」

なんでもないように答えて、まつりはハンバーグを口に運んだ。

「余裕、なかったし」

彼女自身の生活に、ということだろうか。おれの知りたいと思っている、まつりがパパ活を始めた理由に関係しているのだろうか。

「そういうフータは、よく本読んでるよね」

「うん。唯一の趣味だから」

「どういうの、読むの？」

「なんでも、かなあ。本っていうか、文字を読むのが好き」

「結構、古い本も読んでるよね」

「そうだね」

最近は電子書籍もあって便利だ。紙の本も好きだけど、特に媒体には拘らない派だ。

「って、じゃなくて。まつりの話だって」

さすがは聞き上手なのか、いつの間にかおれが喋ることになっていた。

「うーん、将来の夢ねえ。昔はあったのかも」

「夢、いまからでも思いだせない？」

「何、やけにつっかかるじゃん」

怒っている感じではなく、自然に聞かれた。

「そうだね……。なんでだろ？　多分、そういうの、ちょっと悲しいって思ってるのかも」

「なんでフータが私のことで悲しむわけ？」

「え、そんなの当たり前じゃんか」

「どうして？」

「まつりが心配だから。友達のこと、悲しむのは当たり前でしょ」

「だから、私が悲しんでないんだって」

ああそうかと、普通に納得してしまった。

「変なの」

まつりは小食だから十分なのかもしれないけど、元々あまり量のないハンバーグは、半分近くはおれに切り分けられていた。

「まあ、そういうわけだから、いまは将来のこととか考えられない」

「そうみたいだね」

「でも、気にしてくれてありがとう。私はさ、フータのそういうところ……」

まつりはちょっと言葉を句切る。

少し逡巡したようにみえた。

「好きだよ」

他意はない。分かっている。

だけどおれの顔を真っ直ぐ見て、ささやかな笑顔で風に揺らめくように言われたら、間違いそうになってしまう。

まつりがおれのことをどう思っているかなんて分からないけど、藤沢さんがいなかったら、おれがまつりをどう思っていたかは……。

それ以上考えると危険なような気がして、おれは目の前のカレーを口に運んだ。

ほうじ茶のアイスをデザートに食べて、店を出た。

「ありがとうね。私が好きそうなカフェ、入ってくれて」

それは、おれにとって嬉しい言葉だった。そのひと言で、今日の時間はまつりにとっても無駄じゃなかったんだって、分かったから。

「うん。じゃあ、このあとは買いものでも」

「あ」

だけどそのあとのおれの提案は遮られた。

突如、足を止めて固まってしまうまつり。その視線は、スマホに固定されていた。

「ああっ！」

それは、結構なボリュームだった。

「忘れてた！　パパとの約束！」

パパ……ああ、なるほど。パパ活の約束があったのか。

しかし、プロ意識の高いまつりが忘れるなんて、珍しいこともあるものだ。

なんにせよ、デートは中止だろう。まつりがパパとの約束を反故(ほご)にするとは思えない。

「えっと、じゃあおれはここで」

……なんかちょっと、嫌な気分だけど。

「フータも来たら？」

「……は？」

あまり引き留めると迷惑かと思い、足早に歩きだそうとしたら、逆に引き留められた。

「私の友達だって、ちゃんと紹介しておきたいし。いいんじゃない？」

「ご、ご迷惑に……」

「ならないって。喜ぶ」

なんだかその言い方とか仕草が自然すぎて、おれがおかしい気がしてきた。

……もしかしたら、本当のお父さんって可能性は？

「あっちの多摩川沿いの道路で拾ってもらうから。ちょっと距離あるけど」

なんか結局、行くことになってるし……。だけど本当のお父さんだとしたら……いや、それもおかしい。異性のクラスメイトをお父さんに紹介するって、意味深すぎない？

「ほら、早く」

だけど師匠がそう言うんだ。弟子は黙って従うしかなかった。

目の前に座った、知らないおじさんは、イチゴパフェをかっ食らっていた。

「へー！　フータくんは足のサイズが二八もあるのかあ！　すごいなあ！　それは将来大きくなるよ！」

「は、はあ……」

なぜか足のサイズの話題でひとり大盛り上がりする竜崎（りゅうざき）さんというパパは、豪快に笑った。スーツ姿できっちり決まっているけど、ほっぺたにクリームついてる。あと、後ろ髪ちょっと跳ねてる。なんだこの人。

「竜崎パパ、クリームついてる」

「お、ありがとう」

指摘されたことにお礼を言いながらも、別に拭き取ったりはしなかった。

「えっと……」

「変な人でしょ。だけどこう見えて、すごく変な人なの」

「はあ……」

目の前の烏龍茶(ウーロンチャ)をストローで飲むまつり。その姿はなんていうか、いつも通りだ。渋谷(しぶや)で見たような、よそゆきじゃない、自然体のまつりだ。

「しかし驚いたなあ。スミレがボーイフレンドを連れてくるなんて」

「あ、あの！　おれはそういうんじゃ！」

「そーよ。これはただの友達」

……そうだけど。そうなんだけど。

「一緒に遊んでたんだけど、竜崎パパとの約束あったの忘れてて、連れてきた」

「え、僕との約束、忘れてたの？」

「ごめんって」

「悲しい……ぐすん」

まつりは無視してメニューを開き、勝手に杏仁豆腐を頼んだ。

しかし、忘れていたとはいえ、こうして竜崎さんとの約束を守っているし、おれとのデートも同時に守ろうとしてくれた。そのやり方はちょっとどうかとは思うけど、真面目なまつりの性格がうかがえる気がした。

「フータくんもごめんね。驚いたよね、こんなの」

「ええ。そりゃもう。ものすごく」

否定しようがなかったので、正直に答えた。

「おれはてっきり本当のお父さんかと思いました。それがまさか……」

「あんた、そんなこと思ってたの？」

「だって、あんまり自然に誘うから。フツー、こっちのパパだったら、一緒に行こうなんて言わないでしょ」

「あー……ね。竜崎パパは普通じゃないから」

どうやらそのようだ。

どう見ても他のパパより扱いがぞんざい。きっと特別なパパなんだろう。まつりにとって、気の置けない相手に違いない。

「ちなみに、本当の父親は大嫌いだから」

まつりはこっちを見ず、ストローでグラスの氷をかき混ぜていた。

「外面がいいだけ。中身は最悪」

聞いていい、のだろうか？

「えっと……どのへんが最悪なの？」

「私のこともお母さんのことも好きじゃないくせに、離婚しない」

「なんで？」

「知らない」

「一緒に住んでるの？」

「別居。もう、ずいぶん会ってない」

おれがどこまで聞いていいのか悩んでいると、まつりは流れを遮るようにボタンを押して店員さんを呼び、アサイーヨーグルトを頼んだ。であれば、おれもそれ以上は追及しない。

「何、仕事が忙しいから会えないって。こっちから聞いてもないのに言い訳してる時点で、誤魔化そうとしてるのバレバレじゃん」

おれが黙っていると、まつりは独りごちた。怒っているようだけど、それだけではないような気もした。パパの話は結構聞くけど、お父さんの話は初めてだ。どういう関係で、どういう気持ちを抱いているのか、分からなかった。

「さあさあ、フータくんも何でも頼んで。なんたってスミレのボーイフレンドなんだから！」

「はいはい、彼氏彼氏」

竜崎さんにメニューを勧められる。気のいい優しそうな人だし、この人が本当のお父さんだったら、うまくいったんじゃないかなんて、無責任なことを考えた。

同じ学校の生徒に見られるとマズいので、竜崎さんには少し離れたところに降ろしてもらった。二ヶ領(にかりょう)用水沿いにまだうっすら咲いている桜並木の下を、ふたりで歩いた。

「遅くなっちゃったね」

桜を眺めながら、まつりは歩き続ける。

だけどおれは、立ち止まった。彼女の後ろ姿を見つめ、考えていた。まつりの家庭環境のこと、まつり自身のこと。そして、ここ数週間で知ったまつりの性格のことを考えると、おれの知りたいと思っていた答えが、なんとなく見えてきたような気がするのだ。

「ねえ、まつり」

まつりが振り返る。おれが黙って見つめていると、まつりも黙って見返してくる。作り物みたいに綺麗な目は、作り物みたいな魅力を放ち、深く澄んでいる。だけど深い森の湧水が、すべてを透過し水底を見せるように、彼女の瞳もまた、何も映してはいない気がした。

「まつりがパパ活を始めたのって、もしかして、家族のため？」

風が吹いて、葉桜とまつりの長い髪をさわさわと揺らす。だけどまつりはそんなことは気にせず、黙って目を閉じて、深く息を吸い込んだ。

「違う。私のため」

おそらく、違わない。彼女の力強い否定が、おれの考えを確信に変えた。

「家族を、守りたいんじゃない？」

「別に」

きっとまつりは、家族のために自分が傷ついてしまったから、それを家族ではなく、自分自身のせいにした。まつりはそういう、優しい子なのだ。

「守るとかそういうんじゃない。だけど家計が苦しくて始めたのはその通り。仕方ないじゃん、そうしないと生活できなかったんだから」

「やっぱり、そうなんだ」

「やっぱりって言うな。家族のためじゃない」

さっきのファミレスで、父親に会えないことに対して文句を言っていたのが印象的だった。興味がないことに対しては、文句すら言わないだろう。あれだけ言及するということは、気にしているということ。そしてまつりであれば、それだけ大事なものは、絶対に守ろうとする。

「でも、だからってなんでパパ活？　他にも手段はあったんじゃ」

「他って？」

「ほら、国を頼るとか」

「国ねえ……」

気のない返事だ。おれはまつりの動機は理解できるが、どうしても手段が納得できないでいたのだ。言い方は悪いが、安易に自分を犠牲にしようとすることに、哀しさを感じていた。

「もしかして、生活のためとはいえ、そのためにパパ活を選ぶのがメンヘラっぽいって思ってる？」

「そ、そこまでは……」

ほとんど言い当てられて内心でドキッとした。

「国からお金はもらえない」

「生活に困ってるのに？」

「正確に言うと、ギリギリで困らないようにされている」

「ど、どういう意味？」

「父親がいるから。そして、父は私たちに生活費を渡してくれている。私のために将来の貯金もしてくれている」

話が見えなかった。であれば何の問題もないはずだ。

「だけど、渡される生活費は、本当に最低限。そして最低限ってことは、足りないってこと。私の母は、すぐに若い男につぎ込むから。普通、生活費をいくら渡すかってのは母と父の収入によって、国で設けられた基準である程度決まるんだけど、父は毎回、自分の収入を調整して、国からは援助を受けられないギリギリの額に抑えてる」

「できるの？　そんなこと」

「お金はあるけど、小さい会社だから。いいように自分の収入を調整して、本人は会社の経費って名目で、好き勝手な生活してる」

言っていることはよく分からなかった。だけど立場や制度を利用して、まつりたちを生かさず殺さずの状態にしていることは、理解できた。そんなことをして、なんの意味があるかは分からないけど。

「私のためにしてるっていう貯金も、信用していない。うちの父親、浪費癖が酷いから。家族が崩壊したのも、きっかけはそれ」

まつりはそこまで話すと、ゆっくりと背を向けて歩きだした。おれも小走りで横に並んで、話を続ける。

「国の相談窓口とかは？」

「親が健在。しかも父親は、外面はいい。そうなったら大人は、大人の話を聞くんだよ。父親は若く、家族のためにもっと働いて稼ぐ意志も素質もあります。ウソだけど。将来の貯蓄だってしています。どうせなくなるけど。でも窓口の人は父の言葉を鵜呑みにして、何か問題がありますか、って」

「え、えっと。だったら、離婚しないの？」

「できないから」

「なんで？」

「父親は外面はいいし、社会的な信用はある。それに母は母で問題あって、離婚ができない。で、父親も父親で、離婚はしたくないって言ってる」

「なる、ほど……」

これ以上は、言っても無駄だ。

だっておれは経験していないから。家族関係はいいし、生活に困ったこともない。そんな人間が何を言っても薄っぺらいんだって、気がついた。

「そんなとき、私を助けてくれたのは、パパたちだった。人並みの生活ができるようになったのも、将来の貯蓄ができ始めたのも、パパのおかげ。国でも親でもない」

そう語るまつりは、怒ってもいないし、哀しんでもいないように感じた。

「なのに、パパ活は悪なんでしょ？　不思議だよね。大人が助けてくれなかったから、自分の力でなんとかしようとしたのに。それに、誰にも迷惑をかけていない。もちろん、危険があることも承知してる。それ込みで、自分の責任でやってるわけ。でも、やっぱりダメです。なんで？　私が未成年だから。じゃあ、未成年じゃない奴らが助けてよ」

おれはただ、話を聞いていることしかできない。

テレビとかネットで少し聞いただけの知識で、まったくの他人が口を挟んだことを恥ずかしく思った。

「だから私はいまも、自分の力で稼いだお金で生活してる。変なパパもいるけど、基本みんな優しいよ。私のことを、ちゃんと愛してくれる。だから、パパ活を一方的に否定する奴らは、嫌い」

まつりはたくさんのパパに愛されていた。みんな、困っていたまつりを、助けてくれたんだ。そこには並々ならぬまつりの苦労があったはずだ。

「そっか、そんな大変な事情があったのに、おれ……」

「それが嫌だったの」

「え」

「同情されたくない。だから、誰にも言わなかった」

まつりは立ち止まって、強い意志の宿った瞳でおれを刺した。

「かわいそうな人だって思われて、特別扱いされたくないの。だって、私はそんなに弱くない」

まつりは、凛々しかった。簡単に手折られてやるものかと、力強く茎を伸ばした、荒れ地に咲く花のようだった。

「ごめん……」

「いいよ、別に。フータは」

「なんで?」

「私は、なんにも知らない奴らに無責任に言われるのが嫌なの。だけどフータは、ちゃんと話を聞こうとしてくれたし、考えてくれた。だから、いい」

「だけど、おれ、勝手なことを……」

「いいって」

強めに遮られた。

「私も、感謝してるから。誰も分かってくれないけど、フータは分かろうとしてくれた。じゃあ、それでいいよ。だから、謝るな」

謝らないで。自分は困っていないから。

そう、藤沢さんにも言われたことを思いだした。

少しだけ前を歩くまつりは、こちらを頑なに振り向かない。だからどんな顔をしているか分からなかったけど、おれはまつりの言葉に救われた気持ちになった。

「……うん」

自分を「なんか」と言ったり、自分は悪い子だから何者にもなれないのだと思っている、女の子。そんな彼女の根底にあるパパ活が、彼女にとってどういうものだったのか、知ることができて本当によかった。

「じゃ、フータはそっちでしょ？」

「家まで送るよ」

「そういうのは、私じゃなくてゆきにしてあげて」

おれが答える間もなく、まつりは行ってしまう。強引に引き留めたかったけど、自分にそんな権利があるんだろうかとか、ひとりになりたいのかもしれないとか、余計なことばかりを考えてしまい、ただ黙って立ち尽くした。

私じゃなくて、ゆきにしてあげて。

その言葉は、根を下ろしたように残った。理由はよく分からないけど、お節介にもまつりをこのまま放っておけないと感じた。

世界はいつだって正しい人の味方で、誰が正しいかは世界が決める。

だから、世界に正しいと認められなかったまつりは、悪い子だと定義づけられた。だったらそれそのものを否定することは、世界を否定することになる。

だけど。

家族のために何ができるかを考え、実行して、傷ついて。他人になんと言われようとも、自分を貫いて、絶対に誰かのせいにはしない。そのうえですべてを受け入れてなお、友達のために身を削ったり、ほとんど他人のおれに、人付き合いの仕方を教えてくれたり。

「まつりが、悪い子……」

おかしい、そんなの。

まつりが悪い子だっていうなら、おれも悪い子でいい。

否定されるべきは、世界の方だ。

「まつり！」

難しいこと、余計なことを考えるのはやめて、走りだす。

おれは今日から悪い子になろう。

だから、何をしたっていい。好きなことを、自分が正しいって思ったことをやるんだ。

「まつり、またデートしよう！」

追いつき、まつりの手を摑む。まつりは何事かと、大きく目を開いておれを見ていた。

「……だから、そういう話でしょ。あんたがゆきにふさわしい男に」

「藤沢さんは関係ない。まつりとデートしたい」

「はあ？」

「嫌？」

「そういうんじゃ、ないけど」

おれは「なんか気になる存在」のまつりが、「放っておけない存在」になった気がした。

誰に見せても恥ずかしくない、真っ直ぐに空を目指して咲いた美しい花を、ただ自分ひとりが知っていて、ひとりだけで枯れていくまでじっと眺めている。そんな時間の使い方が我慢できなかった。

「デートして、いろんなところに行って、いろんなことをしよう」

「急に、なんで」

「そしたら、まつりの好きなことが見つかるかもしれない。……まつりの夢を、一緒に見つけたいんだ」

根が張ってそこから動けない花を、勝手に植木鉢に植え替えて、街に下りて、他人に見せびらかす。ほら、こんなに綺麗な花が咲いてるぞって、自慢したい。おれのものでもないけど、まつりみたいな綺麗な人が、ひっそりすべてを諦めて、大っ嫌いな大人になるのをただ待っているなんて、耐えられない。

「よく、分からないけど……」

まつりの手は摑んだまま、放さない。目もそらさない。おれの謎の気迫に押されて困惑しているのは分かったけど、引きたくなかった。

「……まあ。よろしく、お願いします」

まつりが、先に目をそらした。

日も暮れかけた用水路沿いの道で、何事かと通行人がおれたちを振り返る。だけどおれはそんなことは、気にならなかった。そんなことよりも、小さく控えめだけど、誰よりも堂々と咲き誇る目の前の花が、少し朱を帯びているような気がして、その美しさに目を奪われていたんだ。

部屋に戻ると、枕の横にいつも置いてある、黒いウサギのぬいぐるみを思いっきり抱きしめた。

声は殺し、音は立てない。隣で母が寝ているから。

いま私は、どういう感情なんだろうか。フータに、一緒に夢を探そうと誘われて、どう感じたのだろうか。正直、夢だなんて言われても、分からない。興味が湧かないというより、自分事だと感じない。それに、そんな余裕も時間もないのだ。

じゃあ、なんで？　なんで私は、フータの提案に乗ったのだろうか。

「ご飯、作らなきゃ」

もうじき、母の出勤の時間だ。起きたときにできていなかったら、また怒られてしまう。母にとっては朝ご飯、私にとっては晩ご飯。ご飯は、家族で食べるものだ。たとえ、お米が硬いだの、顔が辛気くさいだの、私の身体(からだ)からおっさんの加齢臭がするだの、言われても。

だけど、身体が動かなかった。

母とは一緒にいたい。そのために、私がしっかりしないといけない。これ以上、母を失望させないように。そのあと、洗濯と掃除、学校の宿題に、生徒会長の仕事もある。生徒

会長は負担だけど、辞めるわけにはいかない。中学時代、私がクラス委員をやっていることを、母が褒めてくれたことがあった。だから、また褒めてくれるかもしれない。一年生のとき、書記を始めたことに関しては、家のことをおろそかにしなければ勝手にしろと、冷たく突き放されただけだったけど、生徒会長なら、きっと。

「こんな私が、夢なんて」

無理かもしれない。仮に私が私の夢なんて見つけたところで、それを叶えるための気力が、私には残されているのだろうか。なのに私がフータに提案されて断れなかったのは、きっと……。

「……もっと、フータと遊びたい」

それだけの理由だろう。

フータの思いを、優しさを、そんな不純な理由で受け入れてしまったことに、胸が苦しくなる。もっと自分のことが、嫌いになる。

だけど、断れなかった。

私にとって、フータといる時間は、かけがえのない宝物みたいになっていたから。

体育館に敷き詰められたような全校生徒は、まだゴールデンウィークから気持ちを切り替えられないまま、ふわふわとした空気を漂わせていた。至る所であくびをしている生徒がいるし、右斜め前にいるクラスメイトの男子は、頭に点対称でアクロバットな寝癖をつけていた。

「ここまで、生徒会からの連絡事項でした。長期休暇明けですが、すぐに定期試験が控えています。気持ちを切り替えて挑んでください。続いて、生徒会予算の」

比べて、我らが生徒会長のまつりは、いつものように完璧な身だしなみで、群衆の足下に落ちている好物のりんごを捕捉したシベリアンハスキーのように、揺るぎない目をしていた。

「……まつりって、生徒会長なんだよなあ」

そんな、当たり前のことを思わず呟く。これまでの付き合いで分かったけど、おおよそまつりは生徒会長には適任だが、自分から進んでやるような性格ではない。先生に頼まれたからとは本人は言っていたし、彼女が世話焼きであることを考えるとそれもある程度までは納得はできるのだが、にしてはあまり楽しそうには見えない。パパ活のときは、何者かに成りきって演じることが好きだと語っていたが、学校ではそうしていないのだ。粛々と会長としての役割を真面目にこなしてはいるが、どこか一線を引いているというか……。

「なあ、志木」

後ろに立っていた安藤くんに声をかけられる。安藤くんはクラスの人気者で、誰に対しても気さくだ。

「ど、どうしたの？」

「今月末さ、バスケ部の練習試合があるんだよね」

そんな導入で、安藤くんは話しだした。

「だからさ、本当は今日は部活休みだったんだけど、いまのうちから自主練したいわけ。でも井上に、放課後図書室で複素数のところ教えてくれって言われてて」

安藤くんは「だけどテスト勉強優先だよなあ」と、笑顔でつけ加える。井上さんは同じクラスの女子で、安藤くんと付き合っているわけではないんだけど、安藤くんによく話しかけたり、作ってきたお菓子を渡したりしている。安藤くんとしては、そうやって普段からお世話になっているからこそ、断りづらいのだろう。

「おれに任せて」

安藤くんは、きょとんとしておれを見た。

「複素数、おれが教えるよ」

「え」

「数学は得意だし、それなら安藤くんも自主練できる。ね？」

これが、気遣いのできる男だ。もっとも、数学が得意だったはずの井上さんが、なぜわざわざいつも平均点くらいの安藤くんを頼ったのかは分からないけど……きっと、たまたま複素数が分からなかったのかもしれない。難しいもんな、複素数。

「あ、ああ……ありがとう」

「気にしないで」

「だけど、やっぱりいいわ。俺も勉強しないとだし」

「そう？」

よく分からないが、断られた。遠慮してるのだろうか？

「勝てるといいね、練習試合」

「ああ」

せめて、完璧な極上スマイルでエールを送っておく。安藤くんもそれには、いつもの満面の笑みで答えてくれた。

「前年度の収支決算報告は以上です。他、生徒会に対する意見や要望がある生徒は、直接生徒会室に来てもらうか、担任の教師を通じて」

朝の全校集会で、安藤くんに対して完璧な気遣いのできる格好いい男ムーブをかましたおれだったが……昼休み、やはりひとりで昼食を摂ることを余儀なくされていた。

まあ、こういうのは積み重ねだ。焦らず、地道にやっていこう。

「ねー、ふうちゃん!」

「ぎゃっ!」

尻尾を踏まれた猫みたいな声がでて、飛び上がった。

ボリュームもそうだし、その呼び方も、だ。「何事?」みたいにクラスメイトはおれを見る。おれも「何事!?」と思って、声の主を振り返った。

「ふうちゃん! 一緒にお昼食べよう!」

藤沢さんが、自分の席からぴょんこぴょんこと跳ねながら手を振っていた。すぐ横では、まつりがパックのトマトジュースを飲みながら、呆れたようにこちらを見ている。

「ふ、藤沢さん……。ちょっとボリュームを……」

早足で駆け寄って、小声でそう伝える。嬉しい。すごく嬉しい。でもやめて欲しい。不思議な感情だ。

「わたしのことは、ゆっきーって呼んで?」

会話は成立しなかった。

「ゆっきー?」

「そう！　仲良くしようねー！」

理由を尋ねたらきっと彼女は「なんとなく！」と答えるのでわざわざ聞き返さない。

というか、そんなことはどうでもいい。改めてあの藤沢さんが、こんなにも親しげにおれに話しかけてくれることが、幸せだ。一度、ふられてるんだぞ？　それなのに、ニコニコと両手で小さなおにぎりを頬張りながら、おれを見ている。かわいい。ほっぺにご飯粒ついてる。かわいい。

「あ、でもその前に……」

おれは藤沢さんの後ろを見る。

そこには不機嫌そうに頬杖をついたまつりがいた。

「あの、まつり、その」

「何？」

おれの方から約束をした。まつりの夢を探す、と。

だったらそれは、時間が経って消えてしまう前に、早いところ具体的な日程を決めておきたかったのだ。だけど。

「えっと」

考えてみれば、すぐ隣には藤沢さんがいるのだ。さすがに、この話は藤沢さんの前ではできないし……。

「あ……朝の集会、おつかれさま」

「……ゆき、回れ右」

「ふえ？」

「ちょっと、このバカと作戦会議」

おれが何か話したいことがあるのだと、空気を読んだまつりが助けてくれた。

藤沢さんはよく分からないまま、でも何も文句も言わず、回れ右をしておにぎりを食べ続けた。かわいい。

「ありがと、まつり。それで……」

が、おれは再び言い淀む。

クラスの注目が、おれたちに集まっているのを感じたのだ。

急にまつりと親しくなったおれ。しかも今度は、藤沢さんに親しげに名前を大声で呼ばれた。惚れた腫れた刺しただのに敏感な思春期の男女にとって、それは一大事に違いない。

「ん」

また迷っていると、まつりは今度はスマホを指した。

そうか、ラインという手があったのだ。おれはさっそく、無言で昼食のパンを取りだして食べ始め、机の下ではぽちぽちと文字を打ち込んだ。
『次の土日は空いてる？』
『ごめん、予定ある』
返事は即座に返ってきた。
『そっか』
『何か用だった？』
手が止まる。
考えているわけではない。伝えるべきことは決まっていたから。
だけどそれは、口にするのも、文字にするのも少し恥ずかしくて。
ちょっとだけ、時間をおいてから、再度文字を打ち込み始めた。
『まつりとデートしたい』
まつりはトマトジュースのストローをくわえたまま、固まった。
返事はない。何を考えているのだろうと不安になる。
だが少ししてまつりは再度スマホを操作するように、手元を動かした。
『水曜ならいいよ。学校も昼に終わるでしょ』
やった！　と心の中で声を上げた。

『行こう』

『うん』

それからは、一度家に帰ってから集合することや、行く場所などを話しあった。

きっと、周囲からしたら異常な光景だっただろう。急に黙って、互いに顔をもあわせずに、スマホを操作している。もうひとりの藤沢さんは、素直にずっと背を向けたままひとりで黙々と食べている。というか、ごめん藤沢さん。

「じゃ、そういうことで」

話が一段落すると、まつりは顔を上げてようやく喋(しゃべ)った。

おれもそれにあわせてまつりと向きあう。

そしてなんとなく黙って互いに見つめたままになり……。

「ふふっ」

先にまつりが、小さく笑った。

「え、どうしたのまつりちゃん?」

「別に」

えーなんか怪しいと、もっともなことを言う藤沢さんを、まつりはかわす。おれもなんだか、笑ってしまった。

「ふうちゃんまで！」

ごめんと慌てて謝るが、結局はおれも「なんでもない」と誤魔化すことしかできない。

藤沢さんと仲良くなるはずだったのに、藤沢さんに内緒でまつりとデートの約束をすることになるなんて、思ってもいなかった。


約束の水曜日はすぐにやってきた。

計画通り、普通に帰って着替え、武蔵小杉駅近くのショッピングモールで待ちあわせることになっていた。

今日は平日であまり時間もないし、遠出はできない。だったら買いものを楽しみ、その過程でまつりの好きなものを探ろうという計画だ。

正面玄関に着いたが、まつりはまだ来ていないようだった。ラインには二分前に、あと五分くらいで着くというメッセージが入っていた。

「あと三分……」

実は、ここでちょっと問題が発生していた。

まったく予期していなかったことで、おれ自身も困惑している。これまでもまつりと一緒に過ごしてきたわけだから、いまさらなのだが……。

「何、この気持ち」

緊張していたのだ。

改めて自分からデートに誘い、他の人には内緒で、まつりとデートをする。それはまるで、恋人同士のようだったから。

その緊張の正体は、よく分からない。ただこの状況に臆しているだけなのか、まつりみたいな美少女とデートすることに対してなのか、それとも。

「お待たせ」

背後から声をかけられたので、思わず自分の身体を抱くようにして振り返った。

「何？」

「だ、だって、店の中から来るとは……」

「反対側から入って、店の中抜けてきたの」

大型のショッピングモールとはいえ、近所に来るのにも、まつりは隙を見せなかった。ラフにも見えるけど、不思議とだらしなくはない。下は黒のメーカーもののジャージで、だぼっとしている。上はピッチリとしたノースリーブで、お腹が見えていた。その上にこれまた緩い水色のパーカー。……なぜだろうか。こんなの普通に着たら部屋着じゃんって気がするのに、変に力を入れてオシャレをしている感じがなく、むしろ自然でかわいい。

「フータが案内してくれるんでしょ？」

「う、うん……」

「なんで緊張してんの？　シャキッとしろ」

また、お尻を叩かれた。

「あ、う、ごめん。……うん。お店を回って、まつりが好きそうなもの、探そう」

「ありがとう。今日のこと、楽しみにしてたんだから」

控えめに笑うまつり。普段はクールな彼女がたまに見せる、その柔らかい笑顔が、おれは好きだった。

「はい」

そしてまつりは、自然に手を差しだしてきた。

反射的に手をとる。おれの手は、冷や汗で濡れていた。

「……あ、あってる？」

「ん、あってる」

なぜか不機嫌そうに返される。だけど。

「ふふっ、ばーか」

今度は、急に笑顔を見せた。

春風に小気味よく揺れる野の花みたいに、ちょっと相手をからかうような。いつまでも見ていたくなる健気さと、親しみやすさがあった。

「言っておくけど、さっきのは本当だから」

「な、何が？」

「楽しみにしてたってこと」

ハードルが上がった気がしたが、やってやろうという気持ちになった。

今日はおれがまつりをエスコートするんだ。まつりの好きを見つけるために。

「じゃあまつり、行こうか」

「うん」

「それから」

「うん？」

「すごく、似合ってる。目に優しい色合いで、いいね。なんか、気持ちが明るくなる」

「……セクハラ。生徒会会議で、議題に上げるね」

微笑みながら告げるまつり。

その忠告は褒められているのだと、おれはまつりと一緒にいて分かるようになったから、素直に「ありがとう」と返しておいた。

ここは大型のショッピングモールで、ファッション、飲食、生活雑貨、家具などなんでも揃う。駅近なので行き慣れた場所ではあるが、今日は改めてまつりと店舗を一通り回った。

まつりに言わせると、入っているアパレル系のお店は、非常にセンスがいいのだという。強い女性のためにシックさを追求した我が道をゆく新進気鋭のブランド、リーズナブルな割に生地もしっかりしているブランド、超お手頃価格で誰でも気楽に買えるメジャーなブランド。ファッションに詳しくないおれに、そういったことを細かに教えてくれた。

「これなんかよくない？」

時間的に最後になりそうな店舗で、まつりは真っ白な革ジャケットをおれの肩にあてがった。

「あんまり革って着たことなくて……。あと、どうせなら黒の方が」

「黒は強すぎる。白くらいがあんたはちょうどいい」

言われて、袖を通して鏡を見る。

確かに、ビシッと決まっている感じはあるけど、白いので厳つい感じはなかった。

「いいじゃん」

自分で言うのも何だが、サマになっていた。まさか自分が革ジャケットを着ていい感じになるとは、想像もしていなかった。ちょっと楽しい。

「ま、薄手とはいえ、夏に向かう中途半端なこの季節に、ジャケットを買う必要はないでしょうけど」

「あ、だから三割引……」

ジャケットのタグには、割引を示す赤いシールが貼られていた。

「とにかく、見た目だって大事なんだから、このへんのことは追々教えてあげる。ていうか、ゆきの彼氏のセンスが最悪なのは、私が嫌」

結局は、そういう理由なのだろうけど。

互恵関係から一緒にいる。おれたちはそういう約束のはずだ。

「ところで、なんでおれ、まつりにレクチャー受けてるの？」

「だから、ゆきにふさわしい彼氏になるために」

「今日は違うでしょ」

あまりにも自然に教えてくれていたから、ついいつものノリで乗っかってしまったが、そうじゃない。

「まつりの好きなものを探さないと」

まつりは自然におれのジャケットを脱がせ、ハンガーにかけ、元の場所に戻した。

「探したじゃん」

「フータが案内してくれたよね。服もそうだし、家具とか、キャラグッズとか」

「そうだけど、結局まつりに教わってたし、なんていうか……」

今日、まつりとデートした時間を振り返る。

いろんな場所を巡ったが、想像していた通り、そのすべてにまつりは興味を持った。それだけだといいことのような気がするが、実はその逆だった。

「まつりは、なんにでも興味はあるけど、なんにも好きじゃないよね」

まつりは勉強熱心で真面目だ。どんなものでも取り込み、自分のものにしようとする。

だがそれは、好きだからじゃない。必要だと判断しているから、そうするのだ。

「役に立つからとか、必要だからじゃなくて、ただ夢中になれて、それがないと毎日が息苦しくなっちゃうようなもの。それが好きってことだと思うから」

「……ふーん？」

「な、なに？」

「いいこと言うじゃん」

そして、にこりと笑った。

「じゃあ、頑張って見つけるよ。ただ夢中になれて、それがないと毎日が息苦しくなっちゃうようなもの。フータも手伝ってよね」

「もちろん！」

今日の買いものは、まつりの夢に対する収穫はなかった。

だけど、ものすごく意味のある時間を過ごせたような気がして、来てよかったと心から思った。


行きは歩きだったというまつりを自転車の後ろに乗せ、大通りを走る。ここは都内に続く道路で、学校に隣接する大きな公園もある。だから部活終わりのうちの生徒もたくさん下校していた。

「ほら見て、まつり」

「何を？」

「また、見られてるね。うちの生徒に」

生徒のなかには同じクラスの人もいた。おれとまつりがふたり乗りしていることを吹聴して回るようなタイプの人ではないが、そうなってしまう可能性はやはりあるのだ。

「またその話？　別にいいじゃん」

「他人はどうでもいいよ。だけど、藤沢さんは？」

「あんた、ゆきに告白したでしょ」

「だからだよ。告白して好きだって伝えてるのに、明らかにまつりと仲良いし」

「仲良くていいじゃん」

「そ、それ自体はいいんだけど……」

もちろん、まつりと距離が近いのは嬉しい。たくさん世話にもなっているし、何より純粋に、一緒にいて楽しい。

「これ以上おれたちが仲良くしてさ、なんもないって言い張るのは無理がない？」

「や。無理なくなくない？　だって」

フータだよ？

そう言われるかなって、一瞬思った。

だけど違う。きっと……。

「私だよ？」

まつりは、そう言う。そんな人だ。

「おれだって、この関係を解消したいって言っているわけじゃない。だけど藤沢さんの性格的に、おれとまつりがこのまま仲良くし続けたあげく、おれが藤沢さんに告白しようものなら、まつりに気を遣って断られる可能性があると思う」

「うーん……」

「別にまつりとのいまの関係が嫌ってことじゃないし、むしろ、その……」

いま以上に、一緒にいたいと思っている。

その思いは言葉にならなかったし、口にしてしまったら、その意味をもっとちゃんと考えなくてはいけなくなる気がした。

おれはまつりと一緒にいたい。だけど、それはなんで？　友達として？　それとも。

まつりもおれも考えこんでしまい、またしばらく無言だった。

まつりが何を考えていたのかは、分からなかった。

「あ、そこ右ね」

この話題は答えをだされることなく、なんとなく終わってしまった。

ピザ屋とかＰＣショップがある大きな四丁目の交差点を右折する。曲がった先も大きめの道路だ。電車の並んだ車両基地前を進む。

「あ、あの……」

「今度は何？」

「もしかして、レッスン始まってる？」

「なんの話？」

素っ気ない返事が返ってきた。

「なんでもない」

「言え」

「ふきゃあっ⁉」

ずぶりと首筋を指で刺された。

変な声がでて、電車を見ていた親子に変な目を向けられる。

「運転中はダメ！」

「フータが言わないからでしょ。なんのこと？」

あんな意味深な聞き方をしたら、そりゃ詰められるか……。

「えっと、その、背中」

「背中？」

「背中っていうか、むしろ前っていうか？」

「はあ？」

「その……わざと、当ててる？」

まつりは見たら分かるのだけど、胸が大きい。平均よりはずっとある。それが惜しみなく、背中に当たっていた。

「え、何言ってんの」

シンプルにひかれた気がした。

「ごめん」

「本当に愚かだよねえ」

今度はしみじみと言われた。

「面目ない」

「ねえ、むしろ逆に聞きたいんだけど、こんなのが嬉しいの？」

「それはまあ。男子だし」

「おっぱい当たってるから？」

ストレートに聞かれてドキッとしたけど、正直に「うん」と答えた。

「でもよーく感じてみて。はい、背中に意識集中」

「は？　えっ、ちょっ」

まつりは、胸をさらにこれでもかというくらい、押しつけてきた。

「どう？」

全身から変な汗がでる。口がうまく回らない。背中から腰に回されたまつりの手が、より強くおれの身体を締めつける。背中から感じる温度も熱いほどで、こんなにも近くにまつりを感じたのは初めてだった。

「どう？　と聞かれても……」

「おっぱい、感じなくない？」

少し、冷静に考えてみる。

確かにまつりはすごく感じるが、胸自体の柔らかさは分からなかった。

「感じない、かも……」

「当たり前じゃん。ブラしてんだから」

「ぶ……ら……？」

「その、未知の概念と出会った異世界人みたいなの、やめてよね」

「ブラはつけてるの？」

「つけてないと痴女でしょ」

「痴女じゃないの？」

見えないけど、無言で睨まれているのを首筋で感じた。

「気付きたくなかった……」

「フータって別にサンタクロース信じてないでしょ？　なのに、なんでおっぱいはブラ越しでも柔らかいって信じてるの？」

「いや、ごめん……」

「愚かだよねえ」

まつりは怒っていなかった。ただ本気で分からないから聞いているみたいだったけど、おれはもう謝るしかできなかった。そして途中からは、何を謝っているのかも分からなくなった。

「男なら、一度は夢見るシチュエーションなのに……」

「また？」

また、とは、この前のスパッツだとか、イヤホンの件だと分かった。

「まったく……。この先、止まって」

「え？」

「コンビニあるでしょ」

買い物でもあるのかと思い、コンビニの駐輪場で停まる。まつりの家はこの先の坂を上っていく。

「フータは待ってて」

一緒に飲み物でも買おうかと思ったのに。なぜかは分からないが、まつりはいま不機嫌そうなので、刺激しない方がいいと思って、大人しく従うことにする。

まつりを見送って、何をするでもなく、いつまでサンタクロースって信じてたかなあなんてどうでもいいことを考えていると、スマホが震えた。取りだして画面を確認すると、相手は藤沢さんだった。

通知は二件。写真を送信しましたと表示されているが、なんの写真かは開かないと分からない。はやる気持ちでそれを確認しようと、タップした。

「お待たせ」

「……あ。お帰り」

おれは写真を確認する前に、反射的にスマホをポケットに入れた。

まつりの手にはスクールバッグと、小さなビニール袋がひとつあった。

「何買ったの？」

「お茶」

まつりはビニール袋とカバンを前のカゴにいれると、また荷台にまたがった。

「あ、でもこの先から坂だから、歩いた方がよくない？」

「いいから」

よく分からないけど、有無を言わせない雰囲気だった。おれは素直に自転車に乗って、ペダルを強く漕ぎだした。

まつりもこれまでと同じように、おれの腰に手を回し、身体を預けてきた。

だが、先ほどまでとはまったくの別世界の感覚が、あった。

「あ、あのっ！」

「前向けバカ」

強めの声で怒られる。ちょっとマジなトーンがあったけど、聞かずにはいられなかった。

「なんで、つけてないの⁉」

「デリカシー！」

「そっちこそ！」

コンビニから戻ってきたまつりは、明らかに下着をつけていなかった。

だから背中越しに、本当に柔らかい感触がある。さっきまでは温かさしか感じなかったけど、今度は明確に密着していた。

動揺して思考がまとまらないが、これまでのことでおれも多少は学んだ。こういうときは素直にお礼を言って、そして……。

「あ、ありがとう！　このまま坂、登るから！」

「当たり前。途中で足ついたら、最初からやり直し」

「はあ⁉　それはさすがに……」

「これ、レッスンだから」

そうか。だったら、受けなければならない。師匠の言うことは、絶対なのだから。

「ねえフータ、今日の話」

「今日の、どれ？」

「ただ夢中になれて、それがないと毎日が息苦しくなっちゃうようなもの。それが楽しいことなんだって、話」

「うん。それが？」

「フータかも」

「えっ」

「フータと一緒にいることで、ゆきが私に遠慮して、フータを好きにならないとか、そうかもって思った」

「うん……」

「でも、私、フータと一緒にいたい」

まつりの温かさと、吐息をすぐ近くに感じながら、彼女の言葉の意味を考えた。

そしたら、同じところに行き着いた気がした。

「おれは……」

その気持ちは、曖昧で。

どう扱っていいかも分からない。三割引の季節外れのジャケットのような。

だけど思うのだ。季節だって、曖昧なことの方が多い。

だったら、春でもない夏でもない、この曖昧な季節に、もう少し寄りかかっていてもいいじゃないかって。だから。

「おれも、まつりと一緒にいたい」

立ち上がり、ペダルに全体重を乗せ、車輪を回す。

登り切るには、勢いしかない。

「スピード！　もっとだして！」

「もちろん！」

まつりはさらに強く、後ろから抱きついてくる。

おれはその温かさと柔らかさに後押しされる気がして。

長い長い坂に、漕ぎだした。

4．雨とゆき

その日は朝から雨だった。

一日の授業を終えて、保健室で藤沢さんを待っている。雨の日の保健室というのは、藤沢さんとふたりで会うのに、うってつけなのだ。雨が降ると、まつりは基本的にバスになってひとりで帰るし、保健室の主は透姉ちゃんなので、職権乱用で場所を提供してもらえる。

「気が重い……」

スマホを取りだして、画面を見る。そこには昨日、藤沢さんから送られてきた写真があった。まつりを送り届け、そのまま家に帰り、自分の部屋で内容を見るまでは、藤沢さんからラインをもらえた事実に浮かれていたけど、開いた瞬間にそれは真逆の感情となった。

この、じっとりとした湿気のように、身体に纏わりついて離れない不安。藤沢さんと会うのにどんな顔をすればいいのか、どう説明すればいいのか、未だに分からないでいるのだ。

「あの、すみません……」

扉がノックされる。いつもと違う、遠慮がちな声。

おれは歩いて行き、扉を開いた。

「ふうちゃん……」

「うん。入って」

藤沢さんが入ると、おれは鍵を閉めた。そして藤沢さんに丸椅子を提供する。おれも少し距離をとって、対面の丸椅子に座った。

「で、話って」

「うん、ラインで送った写真の件なんだけど……」

まつりと帰っているとき、藤沢さんから送られてきた写真。

それは、まつりが夜の街で、スーツ姿の男性と歩いているものだった。

「あの写真、どこで？」

「渋谷（しぶや）、らしいよ」

「らしい？」

「撮ったの、私じゃないの。私の友達」

なるほど。藤沢さんが夜の街を出歩いているとは思えない。知りあいづてにというのが自然だ。

「この人、まつりちゃんの彼氏さん……じゃないよね？」

「顔はよく見えないけど、四〇歳は超えてそうだね」

「うん……。それに、この場所って、その……」

気まずそうに、黙ってしまう。それ以上言わせるつもりはなかったし、写真にもばっちり、光り輝くネオンが写っている。

そう、これは渋谷の道玄坂。ラブホ街だ。

困った。ここでおれが本当のことを教えるわけにはいかない。かといって、一緒にまつりに聞いてみよう、とも提案できない。そっとしておこう、と説得することはできるかもしれないが、それでは藤沢さんの不安は募るばかりだ。

改めて、藤沢さんから送られてきた写真を見る。

私服姿だが、写真の女の子の横顔は、まつりに見えた。笑っている。その笑顔は、営業スマイルではないはずだ。まつりは、本当にパパのことを尊敬しているから。自分たちよりもずっと年上で、素性も心根も分からない相手に、どういう種類なのかはさておき、好意を抱いているのだ。

「大丈夫、ふうちゃん？」

藤沢さんに心配される。険しい顔をしていたのだろうか。

確かに、あまりいい気分ではない。なぜだろう？　まつりがパパ活をしていることなんて、ずっと前から知っていたのに。

「話してみる。この写真のこと」

おれは、まつりのパパ活に関して、何者でもないおれが意見する資格はないと考えていた。だけど、いまこうして、おれの好きな人が、まつりの親友が傷ついている。藤沢さんを守るためにも、きちんと話さなければならない。

「お願いして、いいの？」

「うん」

藤沢さんの目を見て答えると、彼女は安心したように微笑んだ。

きっとまつりも、藤沢さんが哀しんでいることを知ったら分かってくれるはずだ。パパが大事な人たちだとしても、それはお金をくれて生活を支えてくれるから。パパ活とは、お金で縁を繋ぐこと。お金が切れれば、縁も切れてなくなるはずなのだ。

お金が切れて、他人に戻ったパパ。

それと、親友。

どちらが大切かなんて、考えるまでもない。

その日の放課後に、生徒会室の前までやってきた。

「どうぞ」

二回ノックすると、返事はすぐにあった。

扉を開けて、中に入る。

生徒会室とはいっても、空き教室に必要最低限の物を置いただけの、無骨な空間。幸い今日は、まつり以外はいなかった。

その、窓を背にした席に、まつりは眼鏡をかけて座っていた。

「いらっしゃい」

一年生のときは、生徒会書記。そして二年生になり、生徒会長になったばかりのまつり。

だけど、気さくにあいさつをしてくれるまつりは、すっかりここの主だ。忘れそうになるけど、まつりはちゃんと全校集会では生徒の前に立つし、廊下を歩けばいろんな人が「会長だ」と、尊敬と躊躇(ためら)いをもって口にする、憧れの生徒会長なのだ。

「ごめん、急に」

「いいって。今日は忙しくないし」

まつりは眼鏡を指で押し上げた。普段はコンタクトだけだが、書類作業をしたり、授業ではかけていることもある。

「そこ、座ってて」

おれは勧められるまま、会長の席と向かいあうようにずらっと二列に並んだ席の、いちばんまつりに近い場所に座る。その間にまつりは席を立ち、陶器の急須でお茶を淹れてくれた。

「私に会いたくなったの?」

「あ、いや、その……」

「そこは即答で、うんって答えるところだろ」

まつりは元の席に戻って、自分の分のお茶に口をつけて、髪を片手でかき上げた。こんな湿度の高い日でも、まつりの真っ黒な髪は解けるように細やかだ。何度思ったか分からないが、おれは性懲りもなく、綺麗だなと思った。

「なんかあった?」

「なんで?」

「なんとなく」

いつも通りにしているつもりだった。

だけど考えれば、わざわざ生徒会室に押しかけている時点で、普通ではないだろう。

おれはお茶の注がれた湯飲みを、両手で包み込む。そして、やはりまつりの目を見ずに口を開いた。

「藤沢さんに、バレたかも。まつりの、パパ活が」

怖くて、顔は上げられなかった。

答えは返ってこない。

おれは沈黙が怖くて、続けた。

「友達から、送られてきたらしい。まつりが、渋谷をパパと歩いている写真が。藤沢さんが、パパ活だって気付いてるかは分からない。でも、何か普通じゃないのは、分かってるみたい」

一気に話して、顔を上げる。

まつりは、目を閉じていた。

「……まつり？」

ゆっくりと、目が開く。

哀しんでいるようにも、ショックを受けているようにも見えない。

ただ無表情に、手元に視線を落としていた。

「そう」

そして、たったひと言、呟いた。

「どう、する？」

「覚悟はしてた」

言葉通り、まつりには焦(あせ)っている様子はない。ただ、その事実を受けとめている。そんな様子だった。

「ゆきには、分かってもらえない。私は私が傷つくことは覚悟の上だって話しても、私が傷つくと、きっと私以上に傷つく。だから、ゆきには話さないのが最善だって思ってた。私なんかのために、傷ついてくれる。あの子はそんな、不思議な子だから」

不思議じゃない。

大事な人が傷ついて、哀しい。そんなの、ちっとも不思議じゃない。

「パパ活、もう、やめよう」

おれは切りだした。

というより、自然と溢(あふ)れた。

「……え?」

まつりはようやく、顔を上げておれを見た。

おれもまつりを見返す。目を、そらしてはいけないと思った。

「やめるべきだ」

ここに来る前は、憤(いきどお)ってすらいた。だけど、いまはただ哀しい。藤沢さんが傷ついて、そして、藤沢さんを傷つけることで、まつりも傷ついている。

「パパが大事なのは、よく知ってる。だけど、お金をもらうことをやめれば、もうただの他人だよ。他人と、親友や自分自身。どっちが大切かなんて、明白だよ」

きっと、まつりなら分かってくれる。

だって、あんなに藤沢さんを大事にしているんだ。

これ以上彼女を傷つけることは、きっと本人も望まないはずだ。

「何、それ。私がパパたちと、ただお金だけで繋がってると思ってるわけ？」

返ってきたのは、ただただ冷たい言葉だった。

「裏切れるわけない」

その瞳の奥に宿っているのは、明確な拒絶。そして、絶対にパパ活はやめないという、強い意志だった。

信じられなかった。

自分が傷つくことを受け入れているのは、知っている。だけど親友の藤沢さんが傷ついているというのに、まつりはただの他人である、パパを選んだのだ。

「ふ、藤沢さんはどうするのさ……？」

「あんたには関係ない」

「あ……あるよ！　だって、藤沢さんは！」

「ただのクラスメイトでしょ」

その通りだった。

最近、告白までして仲良くなったが、友達の域はでない。まつりはもっと長く藤沢さんといるし、少なくともおれなんかより、ずっと親密で近しい関係だ。

「関係なくてもいい。だけど、理屈は通ってないだろ。ただの他人と、藤沢さん。どっちをとるかなんて……」

「他人じゃないっての！」

まつりは、大きな声をだして、椅子から立ち上がった。

誰かに聞かれるかもしれない、生徒会室で。

「私は、パパたちに愛されてる。私も、パパたちを信頼してる。それは、私は長い時間とたくさんの労力をかけて、築き上げた関係。……他人じゃない！」

まつりの努力は、よく知っていた。

高いお金を使って、パパ好みのファッションやメイクをする。パパの仕事や趣味を勉強して、話をあわせる。パパの趣味にあわせて性格を変え、演じる。食事はパパを待たせないように素早く食べ、好き嫌いはしない。嫌なことがあっても態度にはださず、パパのために笑う。パパのため。すべてはパパのためにしていることで、それらは本当のことだ。まつりがお金のためだけにやっているわけでないということも、パパを信頼しているというのも。だけど。

「違うよ。パパたちは、まつりの信頼が欲しくてやっているわけじゃない」

「どういう意味？」

「パパたちが欲しいのは、ＪＫブランドと、都合のいい女の子だよ」

まつりが息を呑んだのが分かった。

ものすごく、残酷なことを言っている自覚はあった。

「パパたちが愛してくれる。それは当然だよ。だって、パパが好きなように自分を作り替えてるんだから。でも、それはまつりじゃないでしょ？　本当のまつりはどこにいるの？」

まつりに将来の夢を尋ねたら、そんなものはないと答えた。それは、パパたちに愛されるため、すべてを作り替えて、本当の自分を見失ってしまったから。だからおれは、忘れてしまったそれを、一緒に探したいって思った。だけど、パパと一緒にい続ける限り、まつりは自分を殺して作り替え続ける。だから、きっと夢は見つからないだろう。だから、まつりのためにも、藤沢さんのためにも、パパ活はやめなければならない。

「あんたに、何が……」

「分かるよ。まつりが長い時間とたくさんの労力を、積み重ねてきたことは」

「それでよく、勝手な口がきけるね」

「でも違う。まつりが摑みとったのは、愛じゃないよ」

はっきり言わないと、いけない。

それがまつりの、藤沢さんの、ためだから。

「まつりが摑みとったのは、お金だよ。それ以外は、何もないよ」

まつりはただ一直線に、おれを睨んでいた。

何も言わず、動かない。

おれも目をそらしてはダメだって、受けとめる責任があると思って、瞬きすらしなかった。だけど、おれも次の言葉が紡げない。いまぶつけた言葉は正しかったのか。正論が必ずしも正しいわけではないって、ちゃんと分かったうえで投げかけたのか。そんな弱気な考えが芽吹いて、おれの心の隙間から中に入り込んだ。

「……ごめん」

すぐに、後悔した。

まつりは、いまおれが言ったようなことに、自分で気付いていないはずがない。少し冷静になると、分かる。まつりの感じていた愛がニセモノだとしても、まつりはそれを本物だと信じていた。だから必死になるのは当然なのに、おれは強い言葉を投げかけた。

「今日は、帰るよ」

席を立って、逃げるようにカバンを手に取る。情けないけど、いまは互いに冷静になる時間が必要だ。

「待って！」

右の袖が強くひかれた。

そして次の瞬間、まつりが倒れてきた。突然のことに受けとめきれず、仰向けに倒れる。頭は打たなかったが、腰の辺りを強くうった。

「まさか、フータに説教されるとはね」

まつりはおれに馬乗りになっていた。

まつりの眼鏡はいまの衝撃で、床に落ちてしまっていた。透き通った瞳が、真っ直ぐおれを刺す。不謹慎だけど、やっぱりまつりはかわいい。こんなにかわいくて、世話好きで、友達思い。そんな女の子が、おれは。

「……ねえ、こんなときにどこ見てんの？」

まつりのブラウスの胸元が大きく開け放たれ、下着が見えていた。生徒会室にひとりだったので、油断して緩めていたのかもしれない。淡いピンクの、レースのついた下着。本当に見ようとしたわけではないけど、目の前にあったのでどうしても見えてしまう。

「最低」

侮蔑と嫌悪を含んだ、低い声だった。

「ち、違う。おれは……」

「五でいいよ」

「えっ？」

「五万円ってこと。それで、してあげる」

五万円って最近どこかで聞いた気がする。そしたらスマホでパパ活のことを調べているときに読んだ、人気アイドルと繋がりを持つために、ファンレターに毎回五万円を同封する、というエピソードだったことを思いだした。だからまつりも、五万円でおれと繋がりをもってあげると、そう言っているのだと分かった。

「なんで、そんなこと……」

「だってあんたも、他の男と一緒なわけでしょ？　パパ活やめろって、こっちの気持ちも理解せずに、偉そうに説教して。……あんたなら分かってくれてるって、信じてたのに」

「そ、それはこっちの台詞だ！　おれだって、まつりなら……っ⁉」

唐突に、変な声がでた。

だって、予想外の刺激があったから。

そっと下を見ると、まつりが自分の膝を、おれの股間に押しつけていた。

「まつりなら、何？　言いなよ」

まつりはおれに顔を近づけ、耳元で囁くように話す。小悪魔的、いや、悪魔的な意地の悪い声色で。そしてなおも、膝でぐりぐりと刺激を与え続けた。

「や、やめ」

もう一度、下を見る。まつりの短いスカートから伸びる、真っ白で滑らかな太ももが、蠱惑的に動いていた。円を描くような、優しい動きだった。

だけど、次の瞬間には、激しく押し込まれた。膝を突き立てて、遠慮なんて感じられない強さで。まつりは思わず声をあげたおれを見下し、笑い、吐き捨てた。

「幻滅した」

こんな状況なのに、こんなに嫌なのに。

本当に、情けなかった。惨めで、申し訳なくて、藤沢さんの苦しそうな顔とか、普段のまつりの笑顔とか、いろんなものが浮かんできた。理想の自分と、現実の自分。それがあまりにも乖離しすぎていて、だけどそれを冷静に受けとめて合理化しようとしても、物理的な刺激と、渦巻くいろんな感情にかき乱されて、煮たって溢れて、そして失ってしまったような気がして、おれは心の底から悔しかった。

「……ごめん、まつり」

溢れたものは、返らない。

少なくとも、おれが過去に余計なことをして溢れさせてしまったものは、返らなかった。

だからいまも、たったひとりだった。それでもまつりという人間に出会って、仲良くなって、だからこそ黙っておけなくて、間違っているなら正すべきだと思い、パパ活をやめてほしいと伝えた。

また余計なことを、言った。

だからおれは、きっとまた、ひとりに戻るのだ。

「……フータ」

まつりの動きが、止まった。

クラスメイトの女子の前で、みっともなく涙を溢れさせているおれに、呆れたのかもしれない。なんとなく、まつりがおれの名前を呼んだ声には、膨らんでいたものが小さくなったような、急にしらけたような、そんな響きを感じたから。

「帰って」

「だけど」

「帰れって」

まつりの気持ちは分からなかった。だけど、帰りたくなかった。ここで帰ったら、もう二度とまつりと話せないような気がしたからだ。

「……また、明日からも話してくれる？」

「別に、いいけど」

まつりはおれの上からどいた。そして床に座り込んで、おれに背を向けた。

「じゃあ……」

まつりの言葉を信じることにした。

信じたいと、大丈夫だと、自分に言い聞かせた。

おれはゆっくり立ち上がると、涙を袖で拭って、歩きだす。そして、横開きの扉に手をかけて、初めて振り返った。

「明日も、学校でね」

もう一度言って廊下に出る。

窓の向こうでは、雨がまだ降っていた。降り続いていた。

それから、まつりとは話さなくなった。

学校に行って、自分の席に座り、たまにクラスメイトと言葉を交わして、でも決して長続きはしなくて、放課後になったらひとりで帰る。なんてことはない、まつりと仲良くなる前の生活に戻った。

まつりとは、たまに目があう。するとどちらからともなく、気まずくそらすのだ。また学校でも話してほしいなんて、自分から言っておいて、自分から話しかける勇気もなかった。所詮、その程度の関係だった。

『今日、一緒に帰らない？』

その日最後の授業が始まる少し前、藤沢さんからラインが届いた。実はその前にも一度、ラインをもらっている。『ごめんなさい』という、謝罪のメッセージ。あのあと、おれは藤沢さんにあわせる顔がなくて、報告も何もしていなかった。

藤沢さんはきっと、まつりとおれの様子がおかしいことに気付いて、何かあったことを察した。そしてそれは、まつりのことをおれに任せてしまったせいだと、罪悪感を抱いている。そんなところだろう。

パパ活の話は、藤沢さんにはできない。だけど、それなしにあの日に何があったかなんて、説明できない。藤沢さんも、結局あの写真の男は誰だったのか、ずっと気になっているはずだ。それをまつり本人に聞くこともできず、こうして頼った先のおれからは避けられている。なのに、そのことに対する不満はひと言も漏らさない。本当に、できすぎないらい、いい子だ。

でもそんないい子だからこそ、おれは追い込まれ、分からなくなる。

放課後になり、逃げるように正門から飛びだす。

心苦しくて、申し訳なさで潰れそうになるけど、おれから藤沢さんに話せることは、何もないのだ。

学校を出て、隣接している公園を歩いていた。

すると公園の道の向こう側。下校する生徒達とは逆向き、つまりおれの方を向いて立っている女生徒が見えた。こんなに雨が降る日、道のど真ん中に、ただ直立していた。道行く人もみな、何事かと彼女を気にしていた。

「ふっ……」

藤沢さん、だった。

反射的に逃げだした。横道にそれて、野外ステージの方へ走る。

それに気付いて、藤沢さんが小さく声を上げたのが聞こえる。だけどもちろん、止まらなかった。

「ごめん」

あわせる顔がない。

話せることがない。

そして、彼女の期待に応えられなかった。

何よりそれが、つらかった。

「待てー！」

「え、えぇ!?」

藤沢さんが追いかけてきていた。

「なんで逃げるの!? ちゃんと話してよ！」

藤沢さんはいつの間にか、傘を投げ捨てていた。

しかも観客席の方に逃げたおれを追って、長椅子の上を走ってくる。雨で滑りやすくなっていて、非常に危険だ。

「あ、危ない！ 落ち着いて！」

「じゃあ待って！」

ごめん、それはできない。

藤沢さんが、危なっかしくも長椅子を無事に降りたことを確認して、おれはまた走りだした。

「フータ！」

そのまま公園の外に出て、もうすぐ信号が明滅するであろう横断歩道を渡りきってしまおうと思った。だけど、赤になっても構わず追ってくるのではないか、ショートカットしようとして、目の前の噴水に飛び込むんじゃないか。ちゃんと走れば追いつかれるはずもない速度だけど、逃げ切ることができない。

「あっ！　だ、だから！」

噴水内には飛び石のようなものが設置されていて、藤沢さんはそこを器用に渡ってくる。というか、明らかに迂回した方が早いのに。

「きゃっ!?　わっ！」

「危ないってば！」

もう、逃げている場合じゃない。おれも傘をその場に置いて、駆けよる。藤沢さんも、おれが観念したことを悟ったのか、走るのをやめてその場で大人しく待っていた。

「よし、捕まえた！」

「無茶しすぎだよ」

「懸命な判断だよ。わたしからは逃げられないから」

ある意味、その通りだ。このまま放って逃げていたら、藤沢さんは間違いなく噴水に落ちてずぶ濡(ぬ)れになっていた。

「じゃあふうちゃん、観念して話してくれるよね？」

「それは……」

「大丈夫だよ」

藤沢さんは優しく、おれの手をとった。

「ごめんね、ふうちゃんばっかりつらい思いをさせて。……きっと、言えないことがあるんだよね？」

おれは迷ったが、諦めて小さく頷(うなず)いた。

「それは多分、まつりちゃんのため。そして、わたしのため」

「そう……かも……」

「ありがとう」

ぎゅっと、握った手に力を込めて、藤沢さんは笑った。

雨天だけれども、彼女の上空からぽっかり雲がひらけて、光が差し込むような気がした。

やがて雲は消え去り、藤沢さんの足下から草木が芽吹き、集まってきた動物たちが彼女に花の冠をプレゼントする。それほど藤沢さんは慈悲深く、穏やか。おれなんかにもちゃんと向きあってくれて、こんなにも心配してくれる。

だから、彼女には誠実でありたい。

「濡れちゃったね、わたしたち」

藤沢さんの言葉で、全身の刺すような冷たさを思いだした。

「とりあえず、うちへどうぞ。いま親いないから、大丈夫」

……家？　藤沢さんの？

「お、おれも家！　家、近いから！」

「ダメ。帰ったら、お話ししてくれないじゃん」

むくれてみせる藤沢さん。怒っているつもりなのかもしれない。

「今日は、帰さないから」

そのまま、最高にかわいい怒り顔の藤沢さんに、手を引かれていった。

藤沢さんは武蔵小杉駅（むさしこすぎえき）近くのタワーマンションに住んでいる。学校からも歩いて一〇分くらいだ。よくまつりとふたりで藤沢さんを送っていくので、マンションの下までは来たことがあった。

「ふうちゃんがいるって、変な感じ」

天井の高いマンションのエントランスを抜け、エレベーターで三四階まで上がり、ホテルみたいな廊下のいちばん奥が、藤沢さんの家だった。部屋の前に着くと、藤沢さんは扉を開けておれを招き入れてくれた。

室内に続く廊下は、意外と普通のマンションと同じで、ちょっと安心した。そのあと、先にシャワーを浴びる浴びないの問答があったが、おれが折れて先に借りることにした。好きな女の子のバスルームでシャンプーを泡立てているという事実を考えないようにして、脱衣所に出てジャージに着替え、いまはこうして藤沢さんの部屋でひとり待っていた。

「お待たせしました……」

藤沢さんはすぐに戻ってきた。デフォルメされた、愛嬌のあるラマのイラストがデカデカと描かれた、サイケデリックなティーシャツを着ていた。

「もう、今日はお外でないから、ラフな格好でいいかなって……」

藤沢さんは申し訳なさそうに言う。ジロジロ見すぎたのかもしれない。

「に、似合ってるよ」

「……ありがと」

藤沢さんは、ちょこんとベッドに腰掛けた。おれはベッドを背もたれにして床に座っていたから、並んで座るかたちになった。

「すっきり、した？」

「う、うん……」

気まずい。互いに意識してしまっているのを感じる。一度はふりふられた関係。それがふたりきりで、部屋にいる。話をおれの方から切りだすべきだと分かっているけど、言葉がでてこなかった。

「部屋、かわいいね」

代わりに、とりとめのない話をする。

広くはないけど、綺麗に片付いていた。ベッドにはたくさんのぬいぐるみが置かれている。そのなかには、水族館でプレゼントしたウミウシもいた。壁紙はシンプルに白だけど、カーテンや小物、ベッドシーツはピンクに揃えられており、まさにイメージする藤沢さんの部屋、そのものだった。

「そうかな？　フツーだよ」

「おれの部屋、小説ばっかりで散らかってるから」

「散らかってる部屋、好きだよー。物と一緒に床に寝転がるとね、自分も物になったみたいで安心する」

「う、うん？　そう、なんだ」

ケラケラと笑う。少し、空気が和らいだ気がする。

「あの、それでなんだけど……」

おれから切りだす。

藤沢さんも本題に入ったことを悟ったのか、笑うのをやめて小さく頷いた。

「まつりと、ケンカしたんだ」

「知ってるよ。理由とか、内容とかは、ちっとも教えてくれなかったけど」

「理由は……やっぱり、あの写真の件、なんだけど」

「そうだよね」

「あの男の人が誰なのかとかは言えない。でも、まつりにとって大事な人なんだ」

藤沢さんは、何も答えなかった。

ただ黙って、おれの言葉を受け入れていた。

「えっと、わたし、そういう世界があることは知ってるのね」

藤沢さんは、申し訳なさそうに言った。

そしてスマホを取りだして、おれに画面を見せてくれた。

そこに表示されていたのは……。

「パパ活、っていうのかな」

さすがに隠しきれなかった。

「あ、ごめん！　答えなくていいよ！　これ、わたしが勝手に想像してるだけだから！」

藤沢さんは、まつりが年上の男性と、ラブホ街をふたりで歩くくらい親密な関係にあることを知っている。そして恋人関係ではない。さらに、詳しいことは話せないなんて言われたら、それはもう、パパ活にたどり着かない方が難しかった。

「……うん、まつりはパパ活をしてる。写真は、パパのひとりだよ」

「えっ、だ、ダメだよふうちゃん！　これ、わたしが勝手に！」

「いいんだ。隠すのは無理だよ。まつりにも、ちゃんと謝るから」

まつりは、藤沢さんにバレるのは覚悟していると言った。だったら、いまがそのときだ。できることなら、本人の口から伝えてほしかったけど。

「ショック？」

「……よく、分からない」

顔を伏せる藤沢さん。想像が追いついていないのだろう。

だけど、一般的にパパ活はよくないもの。危険だといろんなメディアがうたっている。親友がそんな世界に身を置いていることを知って、明るい気持ちになるはずはなかった。

おれはそれから、まつりと仲良くなった本当の経緯を話した。

渋谷で出会い、危険な目にあって、まつりがどんな思いでパパ活をしているかを知り、否定することができなくなってしまったこと。互恵関係の話はできなかったが、それ以外はできるだけ正直に答えた。

「そっか……そうだったんだ」

「それで、藤沢さんにパパ活のことがバレそうになって、もう本人だけの問題じゃないって思った。だからこの前、まつりにパパ活をやめてほしいって話した。でも、まつりは」

「だから、ケンカしちゃったんだね」

本当に、愚かなことをした。またいまさらになって、後悔が蘇ってきた。

「おれ、まつりに酷いことを言った」

「うん……」

「まつりは、たくさんのパパたちを大事にしてる。時間と労力を使って、パパたちから愛されるようになったんだって、本人は思ってる。だけど、おれはそれを否定した。パパはまつりを愛してない。まつりが自分にとって都合がよくて、女子高生だから。それだけだって」

それはいまでも、そうだと思っている。だけど問題は、言い方だ。おれは意図的に、まつりを酷く傷つけるような言い方をした。

「まつりは、おれと一緒だったんだ」

「一緒？」

「うん。おれ、クラスで仲のいい友達いないでしょ」

「そんなこと……」

「いいんだ。自分がいちばん分かってる」

誰かに必要とされたい。

おれはずっとそう思っていて、大勢のパパたちから慕われているまつりに、すごく憧れていた。その努力とか、ストイックさとか、それを誇りに思っているところとか。だけどまつりを見てきて、まつりのことを知って、気付いた。

誰かに愛されようとするあまり、まつりという人間が空っぽであることに。

「おれもまつりも、なんにも中身がない。相手の機嫌を窺(うかが)って、こびて、都合のいい存在に成り下がる。そんなの、対等じゃない」

おれも、誰かに必要とされたいあまり、クラスメイトにこびていた。

「そんな言い方……」

「本当のことだよ。だって、都合がいいから付き合ってくれてるってことは、都合が悪くなったら捨てられるんだ。だからおれは、まつりに偉そうに説教しておいて、それって完全に自分のことだったんだ」

藤沢さんを傷つけないためだとか、まつりが傷つかないためだとか、それっぽい理由をつけて説教をしようとしていたけど、それは全部ウソだ。ただ、イラついていただけ。まつりが、あまりに自分と同じだったから、我慢できなかったんだ。

「だけど……」

本当の理由は、それでもなかった。

一番は、何よりも、まつりが知らない男と歩いている写真が、不快だったからだ。

パパ活をしているのは知っていたし、竜崎さんと会ったときも、何も感じなかった。なのに、藤沢さんから送られてきた写真を見たときは、心底嫌な気持ちになった。

「……話はこんな感じ。まつりとは、もう一度ちゃんと話すよ。だから、ごめん、もうちょっと待ってて」

立ち上がって軽く伸びをする。仲直りできるかは、分からない。完全に嫌われたかもしれない。だけど、おれは仲直りしたかったたし、そのためにはなりふり構わず、どんなことでもしたい。

「ふうちゃん！」

「わっ⁉」

腰の辺りに、小さな衝撃を感じた。

何が起こったのか分からない。気付いたら、おれはベッドに仰向けになっていた。

そして自分の腰を見ると、そこには藤沢さんの小さな身体が、乗っかっていた。

「ふうちゃんは、いい人だね」

腰のあたりにがっちりと手を回し、小さな身体からは想像できないほど、強く締めつける。顔をおれのお腹辺りに埋め、擦るようにゆっくりと左右に動かした。

「ど、どうしたの⁉」

「分からない！」

だったら、おれはもっと分からない。ふんわりと、お風呂上がりの藤沢さんの柔らかいシャンプーの香りが漂ってくる。

「おち、落ち着いて……」

「なんだか、ドキドキする」

軽く顔を上げて、上目遣いの藤沢さんの頬は、桜色に染まっていた。

「ふうちゃん……」

藤沢さんは身体を起こした。

だけどそのまま立ち上がることはせず、おれの身体を跨いだまま、じりじりと四つん這いで迫ってくる。そしておれの顔を至近距離で見た。

「わたし、なんか変」

「う、うん……」

「いまのふうちゃんの話を聞いてね、最初はすごく悲しくなっちゃったの。だけどずっと聞いていると、今度はなんだかドキドキしてきて……。ああ、ふうちゃんってすごくいい人なんだなって。そうしたら……やっぱり……」

耳元で、藤沢さんがシーツを強く握りしめた。

ちょっと涙ぐんだ瞳、赤らんだ頰、薄く開いた口。

やがて藤沢さんは小さな吐息を漏らしたあと、唇を躊躇いがちに動かした。

「やっぱり……好きだなあ、って」

その言葉は、おれの中に、あまりにも自然に入り込んできた。

雪が解けて、小さな水の流れとなり、地面に染みこんでいくような自然なことだった。

だからおれはその言葉を不思議に思わなかったし、違和感に気付けなかった。だけど、言葉がじんわりと染み渡ってから、目が覚めるような冷たさに、ようやく理解した。

「あ、ご、ごめん！　こんなこと、言うつもりじゃなかったのに！」

藤沢さんは、慌てて飛び退いた。

「だけど、おれ、前にふられたよね……？」

「あ、あのときは、まだふうちゃんのこと、なんにも知らなかったから。だけどあれから

わたし、ふうちゃんのこと、意識しちゃって……」

藤沢さんに好かれるには、まず自分を意識させることが大事。だから告白をする。まつりの言った通りだ。おれがあの日、信じると決めた師匠は、間違っていなかったのだ。

「ふうちゃんの、そういう誰にでも優しくできるところが、いいなって！　いっつも真剣で、真面目で……すごく、頼りになる」

なんと答えるべきか悩んでいたとき、彼女がまた切りだした。

「だけど……ちょっと、真面目すぎるかも？」

それは、どういう意味なのか分からなかった。

「あんまり、難しいこと考えないでいいと思うな。もっと気楽に。ね？」

「それ、前にも同じこと言われた……」

「うん、水族館のときにね。ずっと思ってる」

分からない。おれにはまったくその自覚がないから。

「おれは自分のこと、真面目だとは思ってないけど……」

「そう? だっていまだって……必死に、我慢してる」

藤沢(ふじさわ)さんは、また、おれに覆(おお)い被(かぶ)さった。

しかも今度は、仰向けになったおれの腕を、体重を乗せて押さえつけた。

「藤沢さん!?」

「ゆっきーって、呼んで」

藤沢さんの左手が、おれの右手に重なる。

指と指を絡(から)ませあい、人差し指を優しく動かす。いや、蠢(うごめ)かせる。不規則に円を描き、たまに爪で小さくひっかき、触れるか触れないほどの強さで撫(な)でたり。

思考が追いつかず絶句していると、藤沢さんの右手がおれの左手首を摑(つか)んだ。そしてそれをそのまま自分の胸の方に持っていき……。

ふわりと、自分の胸に添えた。

「触って?」

何が起きている? 目の前の光景が、うまくリアルに感じられない。

だけど手に押しつけられたふくらみは、圧倒的な質感と温度を伴い、伝播(でんぱ)される。雪原のように真っ白い肌の藤沢さんのそこは、春を迎えた木漏れ日のように温かで、空気と養分を多分に含んだ土のように、ふかふかだった。

「我慢しないで。わたしなら、全部、受け入れてあげる。ふうちゃんを必要として、同時にたくさん、あげるから」

「何、を……？」

「えっちなこと、とか？」

迂遠（うえん）のない、逃げ場のない言葉に、おれは息をのんだ。

藤沢さんは、物語の世界から飛びだしたお姫様のような、理想の女の子だ。

こんなクソったれな世界の、良心。

そしてそんな女の子が、おれは愛（いと）しいのだ。

「わたしと、お付き合いしてください」

断る理由はなかった。

だけど、おれは……。

「……ごめんなさい」

きっと、おれはどうかしてしまったのだ。

「えっ？」

「ごめん。えっと……あれ？　ごめん、おれも、なんで……」

「ダメ、だった？」

「そ、そんなことは！」

「じゃあ、いいの？」

「い、いや！　やっぱり、ダメかも！」

意味が分からない。それは藤沢さんだってそうだ。

実際、藤沢さんは困ったように、首をかしげた。

「……まつりちゃん？」

それですべて伝わった気がした。

「……うん」

自分で返事をした瞬間。ああ、そうなんだって、納得した。

「好き、なの？」

「それは……分からない」

「じゃあ」

「でも、一緒にいたい」

憧れの女の子とお付き合いするためにまつりと一緒にいたはずなのに、その目的を放棄して、まつりに縋（すが）りついている。それくらいには、まつりの存在が大きくなっていた。

「だから……ごめん」

藤沢さんは、真面目な顔で黙り込んだ。

目を閉じて、動かない。だけど、胸に当てた手は、放してくれない。

窓を激しく打ちつける雨の音だけが、静謐な室内を暴れまわって、煩わしかった。

「え、待って。ありえない」

藤沢さんは、小さく笑っていた。

おれを見据え、嘲るように、笑っていた。

「清瀬まつりより、ウチの方がかわいいじゃん」

「えっ？」

胸に当てた手が、放された。

そして何も言わないままにベッドから降りて、椅子に置いてあったウサギのぬいぐるみの耳を摑んで乱暴に床に投げ捨てると、その上に座った。

「あの……」

藤沢さんは何も話さない。足を組んで、こっちも見ない。前髪にだけ雨が降って濡れてしまったみたいに、執拗にそこを何度も何度も手で触って気にしていた。

「まつり、パパ活してるんだよ？　普通に気持ち悪くない？」

ようやく話してくれたと思ったら、それはおれの知らない藤沢さんだった。まるで、毎日口をつけていた愛用のマグカップが、実は赤の他人のものであったことを知らされるような、居心地の悪さがあった。

「どうしたの、急に？　なんで、まつりのこと、そんな……」

「えっ、別に。誰にだってあるじゃん。本音ってさ」

藤沢さんは、本音と言った。それは、いまの藤沢さんが本物ということ。自動的に、いつものふわふわした藤沢さんは、ニセモノということになる。

「うまく状況が呑み込めなくて……まつりのこと、本当は嫌いなの？」

「そんなこと、言ってないし」

「だったら」

「だけど、最近まつりはちょっと嫌だった。あんたと仲良くなって、まつりは変わった。真面目な顔してるのに、ふっと急に笑ったりしてさ。どうしたの？　って聞くと、なんでもないって。あれ、絶対にあんたのこと考えてるでしょ」

あのまつりが？　想像できない。だけど、そうだったら嬉しい。まつりが、少しでもおれといるのが、楽しいと思ってくれているのなら。

「いいこと、だよね、それ」

「え、無理」

藤沢さんは、大真面目だった。

「そんなの、人間みたいじゃん」

「えっ……」

「ウチが好きなのは、空っぽのお人形さんみたいなまつりちゃん。すっごくかわいくて、でもウチよりはかわいくないまつりなの」

まつりがお人形みたい。それはおれも、何度も感じたことだ。

だけど、それでも、まつりは決してお人形さんではない。当たり前だが、まつりは人間みたい、ではなくて、人間だ。

「好きな人が、惨めで情けなくて、汚れていく姿って最高に興奮するんだよね」

「しない。おれには、分からないよ」

「分からなくていいよ。理解できないだろうし。だけど、ウチはパパ活で身も心も汚されまくって、クラスで孤立していて、そんなまつりを愛しているの」

愛にはいろんな形がある。それを誰にも否定することはできないけど、少なくとも、いまのおれには理解できなかった。

「そうか……。藤沢さんは、知ってたんだね。まつりのパパ活のこと。あの写真を見せたのも、それでおれがまつりとケンカするのも、全部予想してた」

「そうだよ」

「嘘だったんだ……」

藤沢さんはおれの言葉を肯定も否定もしなかった。代わりに、いつもの雪原の日だまりみたいな、誰かを安心させる柔らかい笑みを浮かべた。

「じゃあ、おれのやることはひとつだ」

藤沢さんのことは、好きだ。きっと、いまでも。

空回ってばかりで、気が弱くて、世界から弾かれたおれを、藤沢さんは受け入れると言ってくれた。それも全部、嘘だったのかもしれない。だけどそれでも、おれは彼女のことをもっと理解したいし、歩み寄りたい。

だけどもうひとり、おれのために考え、時間を割いて、気にしてくれた人がいる。こんなおれと、一緒にいたいって言ってくれた人がいる。おれがどんなに惨めで救いようのない存在に成り下がっても、そんなおれを救ってくれた人を悪し様にする相手に、屈することだけは、絶対に許されなかった。

「まつりは、おれが守るから」

藤沢さんのことを知ったら、まつりはどれだけ哀しむだろう。どれだけ、悔しいだろう。たとえまつりがもう、おれのことは嫌いになってしまったとしても、おれはまつりのことは嫌いになれない。彼女の笑顔を、守りたいって思った。

「え、格好いい、ふうちゃん」

　おれの覚悟を、まつりの気持ちを踏みにじるように、嘲っていた。

　頬杖をついた腕は、柊の枝のように頼りなくか細いのに、自分だけで世界を完結させようとするいまの彼女は、誰にも阿っていなかった。さながら、真っ白な雪原の世界で目にも鮮やかな赤い実をつける柊が、誰よりも美しく、繊細で、同時に他の何者も寄せつけない、鋭利な緑葉を兼ね備えているかのようだ。

「さっき、まつりは空っぽだって言ったよね？」

「それが？」

「まつりは空っぽじゃないよ。おれがパパ活をやめてほしいって言ったとき、すごく怒ってた。哀しんでた。空っぽの人は、あんな顔をしない」

　まつりの顔を思いだす。裏切られたような、でもそれを必死に耐えて表にださないようにしているような。きっとあれは、冷静であろうと、心を動かすまいとしていたのだ。

「それ、勘違いだから。空っぽでも傷はつくよ。自尊心という器がある限りね。もっというと、空っぽの人の方が、傷つきやすい。大げさに、痛いよーって騒いで、いかにも中には大事なものが入ってますよって、アピールしようとするから」

「なっ……」

「まあ、まつりは、そんな弱い子じゃないけどね」

茶化しているような態度ではなかったから、きっとそれは本心だ。

「そもそもね、まつりを守るのは、あんたじゃ無理だよ」

「どうして？」

「逆に聞くけどさ、どうしてまつりを守れると思うの？」

おれはまた、何も答えられなかった。

「まつりはひとりで十分、傷つきながらも生きていける強さを持ってる。あんたは、まつりに何をあげられるの？」

藤沢（ふじさわ）さんの言うことは、もっともだった。

もちろん、まつりの弱いところも、少しは分かったつもりだ。だけど最終的にまつりは、おれなんかいなくても、なんとかしてしまうだろうし、これからも強く生きていくだろう。

つまり、それは……。

「まつりはあんたのこと、必要としてないと思うなあ」

そういうことだ。

皮肉なことに、あれだけ誰かに必要とされたくて足掻（あが）いてきたおれが、いますごく気になっている女の子、清瀬まつりは、おれのことなんかちっとも必要としていないのだ。

「うーん。雨、まだ降ってるね」

おれの知っている、いつもの藤沢さんみたいな口調だった。それから椅子から降りて、大きく伸びをすると、優しい笑顔をおれに向けた。

「今日はもう、お開きにしようか。でも、またいつでも遊びに来てね」

その後、乾いた制服に着替えて部屋を出る。藤沢さんは玄関まで見送りに来てくれて、すごく暗い顔をしているであろうおれに向かって、いつものように「バイバイ」と告げた。

「ごめん。最後に、ひとつだけ。水族館で、こんなおれでも受け入れるって言ってくれたよね。あれ、嘘だったとしても、嬉しかった」

今日まで、藤沢さんからたくさんの言葉を受けとった。

それはおれにとって、どれも愛(いと)しくて、美しい花のようなものだった。

一本一本を集めて、花束にして、宝物みたいに胸に抱いていた。

そうしたら、それは全部ガラスでできているんだって、言われた。ニセモノだって、おれは知らなかった。だけどおれは思うのだ。ニセモノだとしても、おれは彼女の言葉に救われたのだ。ガラスだって、いい。ガラスだって、綺麗(きれい)だ。おれは確かにその美しさに心を打たれて、救われて、藤沢さんに恋をしていたんだ。

「あんたは、勘違いをしてる」

　ふと、藤沢さんは真面目な顔になった。

「全部が全部、嘘なわけじゃない」

　なんとなく本当なんじゃないかって気がした。なぜならいまの藤沢さんの顔は、前に一度見たことがあったから。水族館で、おれに真面目すぎると指摘したあと、自虐するように、自分もそうだからと話したときのことだ。

「分かった。ありがとう」

　だからおれは、素直にそう答えた。

「あーでも、もうちょっとだけ具体的に教えてあげるね」

「具体的？」

「どこまでが本当かって話」

　藤沢さんは素足のままで玄関まで降りてきた。

　あっという間に距離を詰め、顔を近づけてくる。

　そしておれの耳元で、囁（ささや）いた。

「ふうちゃんと、えっちしたかったのは本当だよ」

「っ⁉」

大慌てで距離をとってしまう。勢い余って玄関のドアにぶつかる。しかも悪いことに、ちょうど肘でノブを押してしまったようで、扉が開いてそのまま仰向けに倒れた。

「ふふっ。だから、難しい話は抜きにして……また、来てね」

あの人懐っこい笑顔で手をふられる。

おれは返す言葉など見つからず、その場から走って逃げだした。


次の日から、おれはまた教室でひとりになった。

まつりとは相変わらず微妙な距離感だし、藤沢さんにも話しかけることができなくなった。正確には、藤沢さんの方からは以前にも増して明らかに、そしてわざとらしく、接触をしてくるようになった。だけどおれの方から言葉少なく切り上げたり、逃げたりした。

彼女を嫌いになったわけではないけど、接し方が分からなかったのだ。

「なあ。志木」

「安藤くん。……何か用？」

久々に、クラスメイトと話した気がする。藤沢さんの一件以来、他の友達に話しかけることもなくなったし、向こうからあいさつ以上の会話をふられることもなくなった。

「井上が気にしてたんだけど、お前、清瀬と別れた？」

どこから突っ込んだらいいのだろうか。

「えっと、付き合ってないけど」

「まあ、俺はそうかなって思ってた。女子って、なんでもすぐ、そういうのに結びつけるよな」

「それは……分かる」

実際、まつりと仲良くなってからは、女子に探りを入れられたりもした。直接的に付き合っているかとは聞かれなかったし、おれも仲は悪くないのかもしれない、くらいのことは答えた。でも彼女たちのなかでは、付き合っている方が面白いから、そういうことになった。

「あとお前、藤沢さんも避けてね？」

「う、あ、ええと……」

まあ、分かるよね。露骨だもん。でも本当のことなんか言えないし、ていうか信じてもらえないだろうし。しかも安藤くんから話しかけてくれること自体珍しいし、不意打ちだし……。

「……まあ、藤沢さん、ちょっと鬱陶しくて」

瞬間、安藤くんが息を呑んだのが分かった。

「あ、ちがっ！　いまのは……！」

「ふーん？」

意味深な反応の安藤くん。きっと志木ごときが、クラスの人気者の藤沢さんに何言ってんの？　という意味を含んでいる。

「ちょっと分かる」

頭真っ白で泣きそうになっているおれに、安藤くんは腰を少し屈めて、小声で告げた。

「テンションあわせるの、しんどいよな」

安藤くんは楽しそうだった。おれは藤沢さんの悪口を言ったのに。

「ふっ、藤沢さんはいい人だよ！」

「分かってるって。でも一緒にいると、つかれることもあるよな」

どう答えるべきか迷った。

悪口は言いたくなかったけど、いまから正反対のことを言うのも白々しい。

「変人だよね」

安藤くんが噴きだした。

本性を知ったから、裏切られたからって、その人の陰口で盛り上がる。最低だ。

「安藤」

そこに、安藤くんと仲の良い長窪くんがやってきた。

「井上たち、待ってる。カラオケ」

「ああ、いくいく」

正直、助かった。今日は、やり方はよくなかったけど、話自体はうまくできた。これ以上続けていると、ボロをだしそうだったから。

「あ、ちょっと待って」

安藤くんはおれを振り返った。

「志木も行こうぜ」

おれはまた、しばらく言葉がでなかった。

クラスメイト七人と、元住吉のカラオケにやってきた。まつりと藤沢さん以外、誰かと放課後に遊びに行くなんていつ以来だろう。

「おい聡一郎、お前コーラに何入れたんだよ！　なんか浮いてんだけど！」

「でさ、ユメがＨＩＭＡＪＩＮに原宿で声かけられて！　マジやばくない⁉」

「ケータもまだ日吉だから、来るってさ！」

悪いことにソファ席の真ん中あたりに配置されてしまい、動けない。他のみんなもわいわいと好き勝手に話しまくっていて、おれはひとりで小さくなっていた。

「あ、ごめんなさい」

「いえ。気にしないで……」

隣の井上さんの肘がおれに当たって、敬語で謝られる。クラスメイトなんだけど……まあ、おれの立ち位置なんてこんなものだ。だが、腐ってはいけない。この日のために、師匠にレッスンを受けてきた。

踏みだすのは、怖い。だが千載一遇のこのチャンス、ふいにしてしまっては、まつりに顔向けできない気がした。

「い、井上さん。そのネイル、かわいいね！」

「えっ」

肘が当たったときに見えた、ネイルを褒める。井上さんは「急に何？」みたいな顔で固まったけど、ここまでは想定内。師匠の言葉を思いだす。

『それに、かわいいってだけ言われても、女の子は反応に困る。たとえ嬉しかったとしても、なんて返せばいいか分からない。具体的に言うこと。そしたら話が転がるから』

紫と白のネイル。指によって色が違っていた。

「おれ、あじさい好きなんだよ。この時季にぴったりの色だね」

最初はきょとんとしていた井上さんだったけど、急に破顔した。

「志木くん気付いた⁉　すごーい！　誰にも言ってないのに！」

「う、うん。だと思った。……あっ、左手にはピンクもあるんだね。かわいい」

「え、志木くんマジ紳士」

どうやらうまくいったようだ。井上さんがちょっと大げさに騒いだので、それが伝播して周りのクラスメイトも話題に乗かってきた。おれが紳士だのエロいだのイジられたけど、みんなでわいわい騒いでいる間に最初の曲が流れだしたので、話は割とすぐに打ち切られた。だからボロはでていないはずだ。


それからも、カラオケはそこそこうまくいった。まつりに教えてもらった『プリティーフェイス』を歌ったら、みんな意外だと喜んでくれたからだ。中学時代はカラオケにハマって通っていたことがあったので、人前で歌うこと自体もそこまでハードル高くなかったし、他の人が歌っている間は会話をしなくても違和感があまりないので、なんとか無難にやり過ごした。

午後五時過ぎ。そろそろ解散の空気になる。後藤くんの歌にあわせて手拍子をしていたとき、ラインの通知音が鳴った。画面を見ると、藤沢さんだった。嫌な予感がしつつ、画面を開く。何のメッセージもなく、一枚の画像が添付されていた。

「まつり？」

写っていたのは、元住吉駅で電車を待っているまつりだった。

写真は、渋谷方面行きのホームに立っているまつりを、斜め後ろから撮ったものだ。この時間に渋谷の方へ行くのなら、目的はひとつしかないように思えた。

『まつりちゃん、本日も出勤です（電車の絵文字）』

これまでもこうして、まつりを尾行していたのだろう。藤沢さんにとっては、まつりがパパ活で汚れていくのが嬉しいわけだから、当然、止めたりはしない。

だけどおれは、この写真に違和感を覚えた。

まつりは自慢の長い黒髪を、後ろでひとつに束ねていた。それ自体が別段おかしいわけではないが、眼鏡をかけていた。さらに服装が白いTシャツにジーパンという地味なこともあって、髪もオシャレの一環ではなく、ただ邪魔だから結びましたというような、ぞんざいなイメージを受けたのだ。

あれだけパパたちに敬意を払い、自分を磨き、投資もしているまつり。そんな彼女が、こんな格好でパパに会いに行くのだろうか？

『これ、いつの写真？　藤沢さん、いまどこ？』

『一〇分くらい前』

『ウチは帰宅ちゅう（キスマーク）』

一〇分前なら、もう電車に乗っている。……もうちょっと早く、教えてほしかった。

「ごめん、おれ！」

大きな声をだして、立ち上がる。もちろん、注目の的だった。

「志木くん？」

隣の井上さんに心配されるが、おれは黙ってスマホを見つめていた。

パパ活でなければ、なんだろうか。まつりもひとりで出かけることくらいあるだろうが、時間が時間だ。それにパパ活でないにしても、都心方面へ行くのに、あのまつりがこんな雑な格好をするだろうか。意図的にそうしてるようにすら、感じる。ものすごく、嫌な予感がした。

「急ぎの用ができた！　行くね！」

井上さんに有無を言わせずお金を渡して、部屋を飛びだす。端から見れば、完全に奇行だ。やっぱ志木ってどっかおかしいよなって、言われているかもしれない。でも、どうでもよかった。

いますぐまつりに連絡して、事情を知りたかった。この不安を消し去りたかった。

そのせいでまたひとりになっても、別に構わなかった。

5．共犯

フータと、ケンカした。

フータに、酷いことを言った。

これまでは、誰に何を言われても、適当に受け流せたはずなのに。

他人の気持ちなんてコントロールできなくて、どうにかできるのは自分の気持ちだけ。

だから、誰かの言葉にいちいち苛立ったり、もしくは希望をもったりするのは、すべて無駄。子どものやることだ。なのに、私は。

「おい、ビッチ」

かすかに開いた襖の奥、真っ暗な部屋から聞こえてきた。私は椅子から立ち上がり、散乱した母の衣服を踏みつけながら、襖の前まで来て座り込んだ。

「起きたの、お母さん」

「洗濯は？　出勤に間にあわないんだけど」

「ごめん、すぐにやるね」

今日は休みだと聞いていたのにと思いつつも、周辺に散らばった母の衣類をかき集める。

おそらくまだ着ていないものもあるが、判別がつかないのですべて洗濯カゴに放り込んだ。

隣の部屋を通り、ベランダに出る。そこにある、オンボロアパートには似つかわしくない、最新式のドラム式洗濯機にすべて突っ込んで、お急ぎで回した。これは母が父と別居するときに持ってきたものだ。ドラム式洗濯機、大型冷蔵庫、電動自転車、すべて母が楽に家事をできるようにと、父が買ってくれた。母は、あんな奴のことは思いだしたくないと、父の買ったコップや安物の服などはすべて置いてきたけど、最新式の家電だけは持ってきていた。

私は襖の前まで戻り、母に報告した。

「乾燥までかけてるから、夕方には乾くよ」

「乾燥？　電気代かかるだろ」

「ごめんね。その分、ちゃんと稼ぐから」

言われることは分かっていた。母は小さく鼻で笑った。

「クソビッチ」

もうずいぶん、母には名前で呼んでもらっていない。

「知らないおっさんに股開いて、お前恥ずかしくないの？」

「ごめんね。みんないい人だから」

「恥ずかしいよ、お前みたいなのが娘で」

「ごめんね。でもパパは大事だから」

パパが大事。その言葉に嘘はない。だけど、パパ活をしているのは、この家の生活を助けるため。母はそれを余計なことだと思っている。自分だけの力で、家計は大丈夫なのだと思い込んでいる。だが母の言う家計は大丈夫は、瞬間的な話だ。母が身体を壊したら？　私の今後の学費は？　老後の資金は？　いつまでこんな陸の孤島に住み続けるの？　保険にすら入っていないし、娯楽費も一切計算されていない。母はひと回り以上も若い男に手をだして、たくさんお金をつぎ込んでいるのに、うちに貯えがあるのは、私がパパ活をしているから。だけど母は、それはすべて自分がちゃんと稼いでいるからだと思い込んでいる。それに気付いてもらうには、私がお金を稼ぐのをやめなければならない。だが私は、それはしたくなかった。


　家計が逼迫すると、ほらみたことか、自分がいないとなんにもできないんだと、父親が飛んでくるのだ。私はそれが嫌だった。だから自身の収入を調整して、生活費も最低限しか渡さないし、国からの援助も受け取れないようにしているような人だ。だが、父親に言わせれば、それは敢えてのことらしい。母は人間的に自立できていないから、一度自分でやってダメだって分かってほしい、と。

それは、母に対して常に優位にいるための、ただの方便だ。それに、巻き込まれる私の気持ちは考えてもらえたのだろうか。父親は、自分は母と私のためにも稼がないといけないから私を引きとる余裕はない、子どもは母親といるべきだとか最もらしい理由をつけて、私を放りだした。お金を稼ぐために私を捨てたのなら、なぜ私はいま、生活に困窮しているのだろうか。私のためにしているという将来の貯蓄も、ギャンブル依存症の父が、手をつけずに持っているとは思えない。

だから、私はパパ活で稼いで家にお金を入れることをやめない。家計が破綻して、嬉しそうにやってくる父の顔を見たくないから。

だけど、本当は……。

「お母さん、今日も雨だから足下気をつけてね」

私は待っているのだ。

まつり、愛してる。と、またあの優しい声で、母が私の名前を呼んでくれるのを。

まつりは世界一かわいいなと、父が私を痛いくらい抱きしめてくれるのを。

矛盾しているかもしれないが、私のなかでは筋が通った話なのだ。

「うるさい。頭に響くだろ、ビッチ」

我ながら、大馬鹿だ。心の底では、分かっているのに。

もう二度と、そんな幸福な時間は戻って来ないと。

「郵便物、見てくるね」

部屋を出る。空を見上げると、雨だった。

地面やアパートの屋根を激しく打ちつける、大きな雨粒。ザアザアとやかましく私の世界から音を奪う。私はそれが心地よくて、目を閉じた。刺すような冷気を感じながら、予報ではこんな天気がしばらく続くと言っていたことを思いだした。

「私、処女なんだけどな」

きっと私が求めているのは、先一週間の天気を１００％言い当ててくれる人ではなくて、いまの天気を「雨だね」と言ってくれる人。そして私が気さくに「知ってるよ」と笑うと、同じように微笑(ほほえ)み返してくれるのだ。

「産まれてきたのが、私でごめんなさい」

私がもっと聞き分けがよくて、うまくできる子どもだったら、母も父も仲良くいられたかもしれない。

私は私のせいで、幸せな家族をなくした。

夢も、忘れた。

そして、フータに、嫌われた。

どれも帰っては来ない。

私が悪いのに、だけどもし、さらに何かを差しだすことで、帰ってくるものがあるのなら、私は願ってしまう。傲慢で、意地汚くて、なんて醜い感情だろうか。

だけど、ごめんなさい。

その願いは、どうやっても消せない、私の弱さだ。

「フータ」

ボサボサの髪を、後ろでひとまとめにした。

壁の給湯器の配管に吊り下げていたビニール傘を手に取る。そしてティーシャツとジーパンという雑な格好のまま、階段を駆け下り、ポストを無視して……。

私は、急な坂を駆け下りた。

おれは道玄坂にやってきた。相変わらず通行人を見下ろすように立っている赤い門は、未成年であるおれを拒絶しているように見える。だけど今回は、少しだけとはいえ、事前に準備をする時間があった。私服に着替えに帰ることはできなかったけど、成人代表の助っ人に声をかけていた。

「フータくん、お姉ちゃんと、青春の過ち、しよ？」

その成人代表は、女子高生のコスプレをしていた。

「なんでこんなことに……」

頭を抱えた。

「そ、それは説明したじゃないですかあ！　フータくんから電話もらったとき、すでにこの格好だったし、渋谷にいたし、なんだか急いでるみたいでしたから！」

「普段着なの？」

「デートの予定だったんです！」

誰と、どこで？　詳しくは知りたくないから突っ込まないけど。

「でも、ワンナイトの相手より、フータくん優先です！　こう見えてお姉ちゃん、経験豊富なので安心してください！」

「こう見えてっていうか、いまはもうそうにしか見えないよ」

だがひとりよりはずっと心強い。まつりは電話にも出ないし、ラインの返事もなく、本格的に焦っているのだ。

「ではさっそく行きましょう。建物に入られては手遅れなので、待ちあわせでよく使われる場所を案内します。まずはすぐそこのY字路の……」

「ああっ⁉」

門をくぐった瞬間、背後から大きな声が聞こえた。

振り返ると厳(いか)つい男がふたり、長年の仇(かたき)を見つけたような顔をしていた。

「あ、ダメです」

真顔でそう言ったのは、透(とおる)姉ちゃんだった。

「お前、金払えゴラァ！」

「で、でも、彼は成人してましたし！　約束が違います！」

「お手つきしたやろがい！」

透姉ちゃんは「うぐぐ」と押し黙った。

「ち、違うんですフータくん！　あ、えっと、そのお……あっ、そう！　あの人たちは悪い人なんです！」

「透姉ちゃん、お手つきしたの？」

「あ、うう、でも……」

「したの？」

「……ご、ごめんなさあい！」

「観念せぇや！」

走りだすふたりの男。そして、一目散に逃げていく透姉ちゃん。おれはその光景を見て、透姉ちゃんは、根っからのクズなんだって諦めがついた気がした。ここまでくるといっそ、晴れやかな気持ちにすらなった。

久しぶりに来た道玄坂は、まったく変わっていなかった。本当はなんの理屈も成り立っていないのに、どんな文化も性癖も、なんにも気にせず鍋にぶち込み、とりあえず火を通したので食べられますみたいな顔をしていた。

見上げればホテルの煌めくネオン看板、ビルの隙間や裏道には、巨大なクモの化物でも巣くっていそうな、真っ黒い坑道のような空間が口を開けている。だけどいまはそれらにいちいち怯えている余裕はない。ただ上も下も見ず、ただ真っ直ぐ前だけを見て、一刻も早くまつりを捜しださなければならなかった。

当てはなかった。だが目指す場所はあった。赤い鉄格子で囲まれた駐車場脇の、路地裏。おれが制服姿のまつりと出会った場所だ。まさかこんなところで待ちあわせなんかするはずがないと考えつつも、どうしても気になって覗いてみた。

「あ」

そこに、いた。

まつりではなく、見たことのある顔が。

「ああ？」

向こうもこちらに気付き、目があう。たむろしていたのは、二ヶ月くらい前におれとまつりを追いかけ回した、タンクトップの男たちだった。

「なんだ、お前？」

向こうはおれのことを覚えていないようだ。

それに、冷静に考えてみれば、彼らはまつりを知っている。付き合いもあったみたいだし、何か情報をもっているかもしれない。

「おい。ほらあいつ、アオイの」

「……ああ」

仲間のひとりがそう言うと、タンクトップも思いだしたようだった。

あのとき、おれは心底怖かった。大の大人に暴力を振るわれ、追いかけ回された。いま思いだすだけでも、足がすくみそうだ。だけど、まつりと連絡がとれなくなっているいま、彼らが唯一の手がかりだった。

「あのっ！　アオイ、どこにいるか知りませんか？」

タンクトップは険しい顔をした。

そして明らかにおれを威嚇するために、肩で風を切りながら、尊大そうな態度で近寄ってきた。

だがおれは一歩も引かない。内心怯えながらも、真っ直ぐに相手の目を見たまま、ただじっと立っていた。タンクトップはどこまでも近づいてきて、文字通り、おれの目と鼻の先にまで顔を近づけてきた。

「アオイは……」

「喫茶店じゃ」

「えっ？」

「百貨店の向かいにある。そこに寝ぐせのついた男と一緒に入るのを見た」

厳つい声と顔のまま、なぜかタンクトップは丁寧に教えてくれた。

「あ……ありがとうございます！」

「おう」

おれは何度もお礼を言い、頭を下げた。するとタンクトップはにやりと笑い、軽く手を振って応えてくれる。敵対関係でない状況では、別段悪い人ではないのかもしれない。

教えてもらった百貨店なら、ここからも近い。騙されているのかもと疑ったが、寝ぐせのついた男とは、竜崎さんのことだろう。信憑性がある。まつりが竜崎さんといることには、説得力があったからだ。

走ってはいたが、内心では安堵していた。あの人なら信用できそうだ。本当にまつりを大切にしているのが伝わってきた。

であれば、次に考えるべきは謝罪の言葉だ。全部、素直に話そう。まつりに酷いことを言ってしまったのは嫉妬だと、告白するのだ。そのうえで、パパ活のことを話しあいたい。

おれは久しぶりにまつりと言葉を交わせそうなのが嬉しくて、百貨店前の交差点に続く坂を、駆け下りた。

竜崎パパはアイスコーヒーが入った銅製のカップに、ガムシロップとミルクをたっぷり注いだ。この人は、こういうところが信頼できる。飾らず、ありのまま。私よりずっと年上だけど、どこか頼りなさすら感じさせる。他のパパにはいない、珍しいタイプ。私の、お父さんにも似ている。まだ私が好きだった、あの頃の父に。

「あ、機嫌直ったね」

小さく笑ったのを見られていたみたいだ。

「直ってないし。ていうか、別に悪くない」

なんだか恥ずかしくて、誤魔化してしまう。竜崎パパの前からミルクの容器を取って、自分のホットコーヒーにたらす。ブラックという気分ではなかった。

「というか……これが、本当の私なの」

ゆっくりと、スプーンでカップの中をかき混ぜる。コーヒーはキャラメル色になった。

「そうなんだ」

竜崎パパは、和やかだった。まるで自分の娘が思春期になって、初めての駄々を優しく見守るように。そのときがきたら、決して怒らず騒がず、冷静に対処しようと初めから決めていたみたいだった。

「不機嫌なわけじゃなくて、クールなんだね」

「愛想はよくないよ、自覚あるし」

「クールなんだよ」

やっぱり竜崎パパは、同じ調子で、むしろどこか嬉しそうですらあった。私は今日、初めてパパに本当の自分を曝けだすにあたって、これでも結構緊張していたのに。安心したというか、拍子抜けというか。

「それで、どうしてスミレちゃんは、僕に本当のスミレちゃんを見せてくれたんだい」

「それは……」

スプーンを置いて、両手を重ねて机の上に置く。きっと竜崎パパなら大丈夫。そう信じているけどやっぱり怖くて、でも伝えなきゃって自分を奮い立たせる。

私は、もう、前とは違って、空っぽではないのだから。

「学校に、最近、仲のいい男子ができた。最初は、ていうかいまだって、情けなくて変な奴（やつ）だなって思ってる。女の子のことまったく分かってないし、全然、頼りがいがないし」

「そんな子が、どうして好きなの？」

「……好きなんて言ってないけど」

「違うの？」

「違う」

フータはゆきのことが好きなわけだし。確かに自分は、イケイケの男子よりも、ちょっと抜けているくらいの人が好きなんだろうとは感じてはいるが……でも、だって、フータだよ？

「とにかく。……そいつは変な奴で、パパ活のこと知って、私のこと心配してくれた。そういう人はこれまでもいたんだけど、あいつは違う。バカだから、本当に心配してる」

「フータくんも罪な男だ」

急にフータの名前をだされて、ドキッとした。敢（あ）えて言わずとも分かるだろうと思っていたけど、そう言われて変に否定する必要もなかった。

「でも、いじわるなこと、言っていい？」

「何？」

「心配してるのが本心って、どうして分かるの？」

竜崎パパの疑問はもっともだ。私の身体が目当てだったり、他人に説教して気持ちよくなりたいだけの人もいる。

「本心だって信じてるけど、本当にそうかは、分からない」

「だったら」

「でも、それは重要じゃない」

「どうして？」

「もしフータが下心で近づいてきていたとしても、それで騙されて私が傷ついたとしても、いいって思うから」

信じているし、信じたい。

だったら私には、フータに下心があろうがなかろうが、信じるしかないのだ。

「フータは、私の夢を一緒に探してくれるって言った。私はそんなこと望んでなかったし、最初は断ろうって思った。だけど、できなかった。だって……」

カップを両手で包み込む。手のひらから、指先から、じんわりと温かさが伝播した。

「ＯＫしたら、もっとフータと一緒にいられるって、思ったから」

自分でも意外だった。フータの気持ちが嬉しくて、一緒にいるのを想像して、そうしたらすごく幸せな気持ちになったのだ。

「そっか。フータくんはいい人なんだね」

「そう。いい人で、バカなんだよ」

そんなバカのために、私はパパ活女子の禁忌を犯している。パパに対して、他の男と一緒にいたいと相談するなんて、絶対にあってはならない。だからこれは、竜崎パパにではなく、私が信頼する竜崎さんというひとりの人間に対する、ケジメだ。

「だけど、この前ケンカした」

「どうして?」

「パパ活、やめてほしいって言われた。で、私が怒った」

あのときは頭に血が上っていた。

そして何より、フータの言葉が正論すぎて、私の心を深くえぐった。

だから私は私を守るために、みっともなく、フータを傷つけた。

「フータは、私のために言ってくれた。私がパパたちをどれだけ大切にしているかとか、どんな思いをもっているかとか、分かったうえで言ってくれた。あの言葉は、ちっとも薄っぺらくなかった。フータはヘタレだから、すごく勇気をだしたんだと思う。でも私は、逆ギレみたいなこと言っちゃった」

それにゆきも、私のことを気にかけてくれている。だけど、それを直接私に聞くことができなくて、きっと、聞いていいのか悩んでいて、最近はちょっと空気が微妙だ。考えてみればフータは、そんな好きな女の子を助けるために、勇気をだしたのだ。だったらあの場面は、怒るのではなくて、師匠として褒めてやるべきだったんだ。

「それで、スミレはどうしたいの？」

ずっと、考えていたことだった。

パパたちのことは大切だし、生きがいだし、やめるなんて考えたこともない。だけど、ずっといまのままでもいられない。

私は、生きている。

歳をとる。

女子高生は、終わる。

それまでに築いた人間関係はともかく、歳をとってからパパ活で新たな人間関係を築くのは難しい。だったらいつかは、私もパパ活をやめて、前に進まなければならない。

「私は、自分の夢がない」

「うん」

「やりたいことも、好きなものも、ない。それは私が、パパたちにとって都合のいいように自分を作り替えて、私自身がどうしたいかを考えてこなかった結果だって」

だから、私は。

「最初は興味なかった。でもいまは、その夢を、見つけたい。フータや友達と一緒に」

そして、はっきり伝える。もう戻れない、決定的な言葉を。

「だから、もうパパ活はできない。……竜崎パパ。ううん、竜崎さん」

「うん」

「竜崎さんは、つらいとき、苦しいとき、私の力になってくれました。だけど、お会いするのはこれが最後です」

私は、中身のない空っぽのお人形。

パパたちに嫌われないように、相手の思うままの自分を演じ続け、ニセモノの愛情を享受し続けた。

でも、もう終わり。

私は私の意志で、私を手放す。

落とされたガラス細工のお人形は、粉々に砕け散って、それがなんであったのか分からなくなってしまう。だけど、真っ黒いアスファルトで砕け散った破片も、夜空に煌めくお星様みたいで綺麗だよねって、笑って話せる日がくるように。

「竜崎さんが私に与えてくれたものは、ニセモノじゃないって信じています。どうかお元気で。いままで、本当にありがとうございました」

これからは、前だけを向いて歩いて行くために。

私は、深々と頭を下げた。

「……そうか」

竜崎さんは、変わらず穏やかだった。何も言わず、コーヒーを飲む。そしてゆったりとカップを回して、まだ中身の入っているそれを、置いた。

「そろそろ、行こうか」

戸惑う私をよそに、竜崎さんは席を立つ。そして自然な動きで伝票を手に取った。

「あ。今日は私が」

「これからスミレは苦学生になるんだろ？　お金は必要だ」

「えっと」

「これくらいは、餞別の範囲だよ。君の独り立ちを、祝わせてほしい」

「……はい」

そのまま足早にレジへと向かっていく。普段は頼りないその背中も、いまは大きく見えた。

喫茶店を出ると、いつの間にか雨はやんでいた。

だけど、冷える。首元から風が入り込んで、思わず身を縮こまらせる。首をすくめると、渋谷の狭い空に、大きな月が浮かんでいた。

「ちょっと怖い……」

淀んだ空から吊り下げられた、ガス灯のような月だ。燃えるように、不気味に赤く、火の玉はその大きさを増して、やがては地上を押し潰そうと降りてくるような錯覚を覚えた。

「さ、行こう」

竜崎さんは、私を待たずに足早に歩いた。それをちょっと小走りで追いかける。いつもなら並んで歩くのに、本当に私はパパ活女子じゃなくなったんだと、実感した。

「真っ直ぐじゃないの？」

駅に行くのなら、文化村通りを真っ直ぐ進めばいい。だけど竜崎さんは、道玄坂の方、つまりホテル街へ続く狭い路地を折れた。

「竜崎さん？」

立ち止まりもしないし、返事もしない。どうしたのだろうと思いつつも、黙って後ろをついていく。その背中は大きくて、なんだか少し……怖い。

「ねえ、まつり」

突然のことだった。

竜崎さんは立ち止まり、私の顔も見ずに言った。

いつも通りの優しい声色に、一瞬、自然に返事をしそうになる。

だけど竜崎さんは、確かに呼んだのだ。

「まつり」と。

教えたことのない、私の本当の名前を。

「え、ど、どうして」

私を振り返った竜崎さん。

いつもチャーミングだと思っていた丸い眼鏡。

その奥の瞳は、心臓を即座に止めるほど冷たい水を蓄えた、落ちたら這い上がれない、古井戸のように黒く沈んだ色をしていた。

「本当に、余計なことを考えるようになったね」

「あ、えっと、何が……？」

「何も余計なことは考えず、ただ黙って、股を開けばいいのに」

あっという間に距離を詰められ、手首を掴まれた。そのまま、工事中の真っ白な仮設の壁に、痛いほど押しつけられる。

「まつりはパパたちの愛情はニセモノだと言ったね。確かに、それは事実だ。どこかで必ず手のひらを返して、君の前から去って行く。だけどね……」

竜崎さんの顔が、歪む。

いつもの照れたような、優しい笑顔ではない。

本名も、年齢も、職業も秘匿して近づいてくるような怖い大人の、悪意と欲望に満ちた、悪辣な笑みだった。

「フータくんも、いつかは君の前から消える。だって、まつりみたいな薄汚れた使い捨ての人形と一緒に歩いていたら、気持ち悪いだろ？」

この、ビッチ。

母の言葉と、重なる。

私は、氷の塊を喉の奥に押し込まれたように、声が出なくなる。

そして、急激に温度が下がって、麻痺した頭で、かろうじてその可能性にいき着いた。

「全部、嘘だったの？」

「お互いさまだろ」

どうやら私は、最初から誰にも愛されてなどいなかったらしい。

パパたちからしたら、ただのお人形遊び。絆（きずな）だと感じていたのは、私だけ。そして汚れて壊れたお人形は、最後に好き勝手に弄ばれ、捨てられるのだ。

「来い」

腕を強く引かれ、すぐ目の前のホテルに連れ込まれる。

抵抗したり、大きな声を出す気力はなかった。

ただ、僅かに働いていた頭の隅っこでは、自業自得（じごうじとく）だということと、竜崎さんに裏切られた哀（かな）しみと、そして、なぜかフータなら助けに来てくれるかもという、根拠も現実味もないことを、空想していた。

甘かった。

おれは自分の愚かさと、間抜けさを呪った。

まつりと竜崎さんがいるという喫茶店を特定し、店に入ったまではよかった。まつりたちに気付かれないよう、近くの席で飲み慣れないコーヒーを啜（すす）りながら、ふたりの話を聞いていた。途中から、聞いちゃいけない話だって分かったけど、竜崎さんがどんな反応をするか分からず、そしてまつりの気持ちが嬉しくて、最後まで聞いてしまった。

結果、竜崎さんはまつりを受け入れてくれた。だから安心して、ふたりと鉢あわせないよう、少しだけ時間をおいて店を出た。そしたら。

「全部、嘘だったの？」

「お互いさまだろ。……来い」

まつりが、竜崎さんにホテルに連れ込まれるのが見えた。

いまだって、何が起こったのかよく分からない。この道すがら、どんな会話をしたのかも知らない。だけど、壁際に追いやられたまつりは怯えていたし、竜崎さんは乱暴にまつりを引いていた。

ふたりが入ったホテルを見上げる。

立派な、お城のようなホテルだった。

まるで海外のファンタジー小説にでてきそうな、綺麗なお城。だけど空に煌々としている赤い月と、パープルにライトアップされた壁面が毒々しくも感じた。

「どうしたら……」

いますぐホテルに駆け込みたいが、制服だ。警察を呼ばれて補導されるのが目に見えている。いっそ、警察を頼ろうかとも考えたが、こんな高校生の言うことなんて信じてくれるか分からないし、まつりのパパ活も同時にバレてしまう。それでも、まつりが助かるならとも思うが、そもそもまつりがパパ活をしているのは、大人に、世界に裏切られたからだ。そんな奴らは信頼できない。

打つ手がない。

大事な友達が危険な目に遭っているのに、子どもであるおれは、無力だった。

「まつりぃぃぃ！」

焦燥感から、大声で叫ぶ。

通行人がやばい奴を見る目で、おれを蔑む。

本当に、子どもは何もできない。子どもというだけで、すべての説得力をなくす。大事な友達が傷つくのを、助けることもできないのだ。

「フータくん？」

そこには汗だらけで、制服は乱れまくり、肩で息をしているおれと同じ高校生、ではない、一応の大人が立っていた。

「透姉ちゃん！」

「あ、あの、さっきはごめんなさい。あの人たちはお話しあいができそうになかったから、逃げてきました。でもね、お姉ちゃんは本当にね、お手つきはちょっと、あの、先っちょだけで」

「こっち！」

おれは強引に、透姉ちゃんの手をとった。

説明している暇はない。強引にホテルに連れ込もうとする。見た目はこんなんだけど、法律的に大人であるなら、それでいい。大人の力を頼るわけではなく、大人という事実を利用するだけだ。

「ふ、フータくん⁉　お、お姉ちゃん、心の準備がまだ……」

「いいから！」

焦(あせ)って思わず強く言ってしまうけど、それから透姉ちゃんは素直になった。おれの手に引かれるがままにホテルに入り、適当な部屋を選び、フロントで身分証で大人であることを証明してもらう。おれは制服の上着だけ脱いで私服のふりをしていたら、スルーしてくれた。そしてエレベーターに乗って、五階へ向かった。

おれたちの入った五〇一号室は、白と黒を基調としたシックな作りだった。大きなベッドと、ふたりがけのソファ、小さなテーブルが置いてあった。

「お姉ちゃん、ずっとこの日を待ってました」

部屋に入るなり、透姉ちゃんは熱っぽい目を向けてきた。

「お姉ちゃん、強引にされるの、好きなんです」

意味が、分からなかった。

「あ、強引にするのも好きですよ？」

「そ、そう」

「ドキドキしますね……」

ドキドキというよりハラハラしているが、気にしている場合ではない。問題はここからだ。まつりと同じホテルに入ったはいいが、部屋が分からないことには助けようがなかった。

「まるで、あのときみたいです」

「あのとき？」

「私が高校生のとき、好きだった先生とホテルに来たんです」

高校生のときから、そんなことをしていたのか……。

「その先生は、もういませんけど」

「え」

「当時、私はわざと、位置共有アプリで現在地を友達に分かるようにしたまま、先生とホテルに入ったんです。そしたら……」

「そしたら？」

「友達に、通報されました。で、案の定、先生も一緒にいるのが見つかって、その先生はどこにもいなくなりました」

「………」

「フータくんは、通報しないでね」

　怖い。助けて。

　一度落ち着こうと、ベッドに腰掛けた。身体(からだ)が深く沈み、バランスを崩した。

「い、いきなりですか？　あの、シャワーとか……？　あ、お姉ちゃん、浴びないのも好きですけど……」

「えっ、何？　シャワー？　浴びてきていいよ」

「は、はい……」

　そそくさとシャワールームへ消えていく透姉ちゃん。反射的に勧めたあと、考えてみたら透姉ちゃんにはなんの説明もしていないことに気付く。そして、完全に誤解されていることに思い至った。

　だけどいまは深く考えないで、そっとしておこう。

「さて、どうするか……」

とりあえず、まつりに電話してみることにした。

「……でない」

電源が切られている。パパ活は危険と隣りあわせだということは、まつりも分かっているわけだから、竜崎さんに携帯を奪われたのだろうか。

まつりは完全オフラインだ。早くも打つ手がなかった。

スマホを開く。何か当てがあるわけではなかった。とにかく、まつりに繋がりそうなものならなんでもいい。電話は、通じない。ラインも当然、返事はない。だとすればあとは、ツイッターだろうか。まつりがツイッターでパパ活相手を探していることは知っていた。オフラインである以上、そこから連絡はできないだろうが、手がかりがあるかもしれない。

「そもそも、まつりのアカウント知らないけど……」

本名でやっているはずはない。そしてパパ活アカウントはすぐに規制されるから、基本的には使い捨てなはずだ。特定なんて無理だろうと思う。だけど……。

「アオイ、パパ活。カスミ、ＰＪ……」

まつりはパパたちに、花の名前で呼ばれていた。だからパパ活の関連ワードと一緒に検索すれば、ヒットするかもしれない。

「スミレ、ＰＪＫ。……ヒットした⁉」

画像も何もない、初期設定のタマゴアイコン。プロフィールも至ってシンプル。名前と、パパ活関連の検索用ワードだけ。そして固定ツイートに、条件面が書かれていた。

そして、最新のツイートが。

「６０２」

ただ、それだけだった。

「『６０２』……ってなんだ？　……あっ！　これ、更新が四分前だ！」

まつりはオフラインのはず。だとすると、やっぱり他人か？　仮に何らかの手段で回線を取り戻し、助けを求めているのだとしても、ここで呟かず直接誰かに連絡するはずだ。

だから明らかに不自然。だけど、この『６０２』という数字は。

スマホを投げだして、部屋を歩き回る。食器棚のなかに、避難経路を示したホテルの見取り図を見つけた。六階のマップに、『６０２』と書かれていた。

思いだす。おれがホテルに入る前に、大声でまつりの名を呼んだことを。

どうしてこんな分かりにくいツイッターの裏アカなのかは分からないが、ホテル名もなく、ただシンプルに部屋番号らしき数字だけをツイートしているということは……。

これは、まつりのおれに対する、救難信号なのではないだろうか。

「まつり！」

大慌てで出口に駆け寄る。が、ドアを開けようとして躊躇した。

依然として、部屋まで行ったとして、どうやって中に入るのかという問題が残っている。

再び六階の避難経路を確認する。その結果、六〇二号室はこの部屋のちょうど斜め左上の位置にあることが分かった。

「このホテル、外から見たときは、すっごく登りやすそうな壁だったんだよなあ」

バルコニーのようなものがデザインされており、突起が多い作りだ。しかも部屋はすぐ左上。扉はダメでも、窓を激しく叩かれれば何事かと開けるかもしれないし、まつりが気付いて中に入れてくれるかもしれない。

試してみる価値は、ありそうだ。


お風呂上がりの竜崎さんは、バスローブに身を包み、ソファでワインを飲んでいた。私は部屋の隅まで下がり、身体を抱くようにして、抵抗にもならない抵抗を続けている。

「自分から制服にまで着替えておいて、いつまでそうしてるつもりかな」

竜崎さんがもってきていた、制服。自分から着替えると言いだしたのは、時間稼ぎだ。逃げ場などない、助けなど来ないと分かっていつつも、最後のささやかな抵抗。私は何もせず、ただ食い物になるのが悔しかったのだ。

「別に……」

かけているのは、本当に小さく儚い希望。

私がホテルに連れ込まれたとき、聞こえたような気がした、フータが私を呼ぶ声。

ここにいるはずもなく、きっと私の願望が生みだした、幻聴。

だけどもし本当に近くにいるのならと、竜崎さんがシャワーを浴びている隙に、ＳＯＳをだした。携帯は奪われ、竜崎さんの携帯はロックがかかっており、固定電話は内線しか繋がらない。だけど、こういう事態も想定していた。だから私は、ゲーム機を通じて、ブラウザを開く方法を知っていたのだ。竜崎さんもそこまでは把握していなかったようで、シャワーから出てくる前に、ツイッターで部屋番号を呟くことができた。

だけど、私にできるのはそれが限界だった。

「まさかと思うけど、助けを待ってる？」

「そんなの、来るわけない」

「でも、待ってるんだろ。フータくんを」

どうして、フータなんだろう。

親でも警察でもなく、竜崎さんはフータくんと言った。

「青春だね。ははは、羨ましいよ」

いつもの穏やかな口調で言う。だけど今日は、それがとてつもなく嫌味に聞こえる。

……いや、違う。

竜崎さんは、いつも嫌味で言っていた。それを私が、いつも穏やかと感じていただけだったのだ。

「……はあ。もういいか」

ワインをテーブルに置いた。

相手は大人の男性。当然、力尽くで迫られれば、為す術はない。

「ほら。来い」

覚悟は、していた。

必ず、こういう日がくると。それはすべて、身からでた錆びだと。なんのリスクも背負わず、あんな短時間で大金を手にできるはずはない。

だからこれ以上、抵抗はしない。受け入れて、ただただ、時が過ぎるのを待つだけ。

「いい子だ」

竜崎さんの近くへ行く。

だがそれ以上、私の身体は動かなかった。

「どうした？」

覚悟を決めていたはずなのに……。

実際、その場面に遭遇して臆してしまったのか。私はそんなに弱かったのか。情けない。

でも多分、それだけではなくて……。

いま、私の頭を支配している、少し前までは影も形もなかった奴のせいだ。

「フータ……助けて……」

来るはずのない、彼の名前を呼ぶ。

自分がこんなにも、弱く、女々しく、つまらない人間だったことに絶望しながら。

「お邪魔します！」

そのとき、何かを蹴破るような激しい音がした。

反射的に身を強ばらせる。

そして音のした横の窓を、見た。

そこには、遺憾ながらも、私が心待ちにしていた奴がいた。

「フータくんかい？　なんでここに……」

「あ、ご、ごめんなさい」

謝るな、バカ。

「フータ、何しに来たの？」

「えっ、何しにって、そりゃ……」

フータは不格好に身体を室内に滑り込ませ、窓と窓を覆っていた木製の扉を丁寧に閉める。そして改めて部屋を見渡したあと、気を取り直して言った。

「……助けにきたよ、まつり」

「そう。それでいいの」

フータが、来てくれた。

私は素っ気ない振りをしていたけど、本当は嬉しくて泣きそうだった。

泣きそうだった。

ホテルの壁はデコボコして登りやすい形だったけど、登るように作られてはいないのだ。手をかける場所はあっても、掴む場所はない。大きなコンクリの出っ張りは、あまりに無骨で、大きく、少し手を滑らせたら真っ逆さま。無様に壁に張りつきながら、死に物狂いで登った。

「竜崎さん！　あの……まつり、嫌がってませんか⁉」

本当はもっと格好よく、助けたかった。もっと自分が頼りがいのある人だったらよかったのだけど、これがおれなんだから仕方がない。そんなことよりも、まつりが無事だったことに、心から安堵する。

「まつりを返してください！」

「どうして？」

「まつりが嫌がってるからです！　返さないのなら……」

足は震えていた。嫌な汗をかいていた。

それでもと、絞りだした。

「警察に、通報します」

ただのブラフだ。そんなことを、するつもりはなかった。

警察に通報すれば、まつりのパパ活は明るみに出て、問題になってしまうから。

「君たちもただではすまないよ」

「まつりを、守るためなら」

「ふうん、格好いいね」

竜崎さんに動じた様子はなかった。

「じゃあ、通報しますね」

緊急発信の画面をちらつかせる。

　すると竜崎さんは、つまらなさそうに小さくため息を吐いた。

「俺はね、捕まったことがないんだ」

「逃げ切れるっていう自信ですか？」

「一度も捕まっていないっていうのは、すごく有利なことなんだ」

　よく分からないので、おれは黙った。

「前提として、俺は捕まってもいいという覚悟でやっている。その上で、すべてを話すことはできないけれど、捕まらないための手段はとっているよ」

　竜崎さんは、ソファに座った。そしてテーブルに置いてあったワインを飲む。その間に、まつりの手をとって走ろうかと考えたけど、おそらくすぐに捕まる。バスローブから少し覗く竜崎さんの身体は、分厚く、鍛えていることも分かった。

「自宅周辺の防犯カメラの位置はすべて把握しているし、車もレンタカーを使っている。借りるときは、他人の免許証でね。リレー捜査されても、前足も後足も摑めない。警察内で指名手配でもされない限りは、捕まらないだろうね」

　言っていることはあまり分からなかったが、対策をしているらしいことは理解した。

「竜崎という男には実態がない。竜崎を竜崎たらしめているのは、このスマホのＩＰだけ。俺がこのスマホを置いてここから立ち去り、俺とスマホとの繋がりが消え去れば、もう誰も捕まえられないのさ」

「だ、だけど、さっき、指名手配されたら困るって。あんまりこんなことを繰り返していると、そのうち」

「されないよ」

「どうしてですか？」

「だってフータくん、通報しないでしょ」

　息を呑んだ。

　そんなことはないと、即座に強気で言い返さなければいけない場面だった。

　だけど、できなかったし、そうしたところで無駄だって分かった。

　竜崎さんの言葉は、確信に基づいて発せられたものだったから。最初から竜崎さんは、おれが考えていることなんてお見通しなのだ。考えてみれば、まつりに限らず、パパ活というのはそういうものだ。女性側にも後ろめたいことがある以上、トラブルがあっても通報されづらい。きっとこの街ではそんな出来事は、誰にもたどり着けないひっそりとした路地裏に堆く積まれて、何の感情も持たない冷たいアスファルトに沈むように消えてしまうのだろう。

「ほら。できるなら、しなよ」

恐怖がおれを支配する。

竜崎さんが怖いのではない。

まつりが、傷つけられるのが怖かった。

であればいますぐ緊急発信のボタンを押すべきだ。だが、話はそう簡単ではない。

まつりはパパ活をした。そこにどんな理由があろうと、パパ活は悪いことだ。なぜなら、条例で禁止されていて、まつりが未成年だから。そういう決まりだからだ。いま通報すれば、その理由なき理由で、まつりは傷つく。家族との関係は悪化し、彼女の守ろうとしていたものが奪われる。まつりは被害者とも、認められない。だって、すべては世の中の正しさによって行われたことだから。

だから、どうあろうと、まつりは正しく傷ついてしまう。

「なんなら僕が通報してもいいよ。さあ」

剃刀(かみそり)をたくさん貼り付けたみたいな唇をうっすらと上げ、竜崎さんは近づいてくる。おれはまつりを背にして後ずさるけど、そんなポーズに意味はないと知っていた。

『あんたは、まつりに何をあげられるの?』

藤沢(ふじさわ)さんの言葉が、蘇(よみがえ)った。

おれは、何もできない。

何も、変えられない。

だったら、なんのために、ここにいる？

何をしに来た？

おれがまつりといることに、なんの意味があるのだろうか？

「クソっ……！」

真横にあった壁を、思いっきり殴った。

さすがに何事かと驚いた様子の竜崎さん。まつりも視界の端で、身を引いたのが見えた。

「フータくん、君はもっと冷静な人だと」

「竜崎さんに、怒ったわけではないです」

竜崎さんは、ますますワケが分からなさそうな顔をした。

「フータ、手……」

まつりに言われて、自分の右手を見た。

血が、出ていた。そういえば、指も灼けるように熱い。感情にまかせて何かを殴ったことなんて、初めてだった。力加減なんてしていなかったのに、壁は、薄くおれの血で汚れているが、傷ひとつ、ついていないように見えた。

「もう、大丈夫だから」

まつりが労(いたわ)るように、言う。おれの赤く汚れた右手を、真っ白な手で包み込み、ガラス玉みたいな澄んだ瞳を、向けながら。

おれも、知らない制服を着たまつりから、目が放せなかった。考えれば、ここ数週間口もきいていなかった。こんな状況ではあるが、いまこうしてまつりと会えて話せたことが、嬉しい。

嬉しくて、愛(いと)しくて。

どんな方法でもいいから、彼女を守りたいと思った。

「お願い、します」

力なき善もまた、ただの偽善。

目の前の分かりやすい脅威から、大事なひとを守る術を持たず。

世界の理不尽から、庇(かば)う術も持たない。

その真実に気付いて、そんな言葉が漏れた。

「お願いって、何をだい？」

「子どもが、生意気なことを言って、調子に乗りました。謝ります。だからもう、勘弁してください」

まつりに手を握られたまま、頭を下げた。

ふたりともしばらく何も言わず、部屋には沈黙が下りた。

「……格好悪」

吐き捨てるようだった。

「何、やめてほしいの？」

「はい」

「ふーん。じゃあ、足りなくないか？」

竜崎さんは、ワインを片手に座ったまま、床を指した。

「土下座。服、脱いでな。ほら、写真も撮ってやるから」

竜崎さんはスマホをおれに向けた。

服を脱ぐだけならまだいい。おれが恥ずかしい思いをして、お終(しま)いだ。だが、写真を撮られてしまうと、それをばら撒(ま)かれるかもしれない。場所もラブホテルだとバレるだろう。そうなると、間違いなく問題になる。最悪、学校にいられなくなる可能性もある。

「分かりました」

だけど、別に構わなかった。

「フータ、もういい。やめて」

まつりは、繋いだ手に力を込めた。

「竜崎さん、分かったから。私、別にいいから」

「ダメだ、まつり」

「なんで？　私の問題なんだから、あんたは関係ない。話したじゃん。覚悟してたって」

その覚悟は、知っている。だけど。

「まつりこそ、関係ない」

「関係ないわけあるか。私の問題でしょ」

「違う。これはおれの問題だ」

まつりは、おれの言葉の意図を探るように押し黙った。

「ずっと考えてたんだ。おれがまつりのためにできることなんて、何もない。だから、まつりと一緒にいる意味はないんじゃないかって」

「あんた、そんなこと考えてたの？」

「うん。だけど」

強く握られた手を、強く握り返す。

おれの血でぐちゃぐちゃに汚れたふたりの手は、呪いのように離れなければいい。

「それでも、まつりと一緒にいたいんだ」

誰かのためじゃない。おれはおれのために、まつりといたい。

情けなくても、格好悪くても、力がなくても、意味がなくても。

他の誰に好かれなくても、まつりがおれのことを嫌いになっても、構わない。

おれはおれの大好きなまつりを守るために、やれることをやる。

「バカ……」

まつりは、心底呆れたようだった。

「フータが、言ったのに。ただ夢中になれて、それがないと毎日が息苦しくなっちゃうようなものが、好きなものなんだって」

今度は、ちょっと拗ねたようだった。

確かに、その通りだ。好きってそういうものだって、話したのはおれの方だ。だけど、それはまつりの気持ち。おれだってまつりのことが好きで、好きな人にはできることをしたいっていうのもまた、自然な気持ちなはずだ。

「……フータも、男の子なんだね」

その言葉はきっと、おれのそんな心中を理解してくれた故で。

その気持ちが、心遣いが嬉しかった。

「ごめん、まつり」

ブレザーからズボン、下に着ていたシャツや、靴と靴下まで脱ぎ去った。

そして最後に、下着にかけた手に、力を入れた。

そのまま緩めずに、一気に脱ぎ去る。

その間もまつりは、ずっとおれの方を見ていた。

脱いだ下着を床に放りだして、そのまま直立する。変に隠したりしたら、許してもらえないと思ったから。クラスメイトの女子に、じっと裸を見られるこの感覚。消えてしまいたくなった。何よりも申し訳なさでいっぱいだ。こんな、格好悪くてごめんなさい。スマートに、颯爽と助けだすような、ヒーローじゃなくてごめんなさい。

だけど、それでも。

「お願いします」

おれは床に膝をついた。

どこを隠すこともなく、背筋を伸ばして正座をする。

そしておれのことをニヤニヤして見下している竜崎さんを、ただ真剣に真っ直ぐおれを見つめているまつりを、それぞれ一度ずつ見て、床に頭を擦りつけるように、深々と土下座をした。

「まつりを返してください。お願いします」

本心から、竜崎さんに言った。

「そんなことして、大好きなまつりちゃんにも嫌われちゃうよ」

「そうなったら、仕方ないです」

もう、誰かに必要とされたいとか、どうでもいい。

格好いい男になりたいとか、知ったことか。

ただとにかく、まつりとケンカして、口もきけなくなって、寂しかった。

そしてさっき、喫茶店でまつりがおれのことをどう考えてくれていたのかを知った。まつりがおれの言葉をあんなに真剣に考えてくれて、まつりにとって本当に大切なパパ活をやめる決心までしてくれた。

「まつりを、返してください。あなたには、たくさん女の子がいるんでしょ？　だけど、おれにはまつりしかいないんです。だから……お願いします」

まつりは、これから前に進むのだ。そしておれも一緒にいてほしいと、願ってくれた。

おれはそれが本当に嬉しかった。だから、まつりを守りたい。

「最高だね、フータくん」

その言葉のあとに、竜崎さんはシャッターを切った。

何回も、何回も。

竜崎さんは横から回り込んで、おれの顔が見える位置からもシャッターを切った。

「いいよ、顔上げて」

言われた通りにすると、ニタニタと笑っていた。それは不気味だったが、上機嫌にも見えた。

「いや、こんなに楽しいのは久しぶりだよ。ああ、今日は最高の夜だ」

竜崎さんは笑いだした。お腹を抱えて、声を抑えるように。そしてこの人は、本気なんだって気付いた。だって、竜崎さんの下半身が、バスローブの下から証明していたから。

おれは、ああこの人は頭がおかしいんだと、冷静に考えた。

「いいよ、今日は帰ろう」

そうしてほしいと言ったのはおれだ。写真は撮られはしたが、そんなにあっさり?

「目的は達したからね。はい、これ」

竜崎さんは足下にあった自分のカバンを開くと、中から茶色い封筒を取りだす。そしてそれを、おれの前に投げ捨てた。

「まつりちゃんから貰うはずだったものを、フータくんから貰った。だから、それはお礼だよ」

シンプルな、どこにでもある茶封筒。

口が開いており、札束がはみだしていた。

「どういうつもりですか？」

「フータくんの言う通り、俺にはたくさんの女の子がいる。だけど、フータくんほど面白い子は他に知らない。価値あるものには、相応のものを払うよ」

　竜崎さんは突如、羽織っていたバスローブを脱いだ。おれは最悪のケースを想像したけど、竜崎さんは元着ていたスーツに手を伸ばした。

「これ、受け取れません」

「そういうわけにはいかない。俺はお金で人の尊厳を買っているんだ。そしてフータくんは、自分の尊厳を俺に売った。受け取れないというのなら、取引は成立していない。そうなれば」

　竜崎さんは、まつりの方を見た。

「……分かりました」

「フータくんも、共犯だよ」

　この札束は、尊厳を売った証拠。

　これまでもまつりが受け取ってきたもので、背負ってきたもの。

　この後ろめたさは、これからおれの人生に、鉤爪（かぎづめ）のついた冬の嵐のようにつき纏（まと）うのだろう。

「じゃあ、またね」

竜崎さんはものの数十秒で着替えると、カバンを摑んで出口に歩いていった。

「次に君たちに会うのが楽しみだよ」

「二度と会わないと思います」

竜崎さんは入り口で靴を履くと、まつりを見た。

「……そうだといいね」「それじゃあ、また」

竜崎さんは、扉を開けて出ていった。

それはもう、あっさりと。だけどおれは念のため、すぐに扉まで走っていき、内側から鍵をかけた。もしかしてホテルの入り口で待ち伏せてるんじゃないかとか、まだ不安は尽きなかったけど、とりあえずの危機が去ったことを知った。

「よ、よかった……」

力が抜けて、その場に座り込む。裸のままだったから、ひんやりとした大理石の玄関口にお尻がついて、冷たかった。

「フータ！」

まつりが走ってきて、飛びついてきた。

勢い余って、おれは激しくドアに後頭部をぶつけた。

「ま、まだ裸！」

「いい」

痛いほど、抱きしめられる。

怖さの余韻やら、恥ずかしいやら、抱きつかれたドキドキやらで、軽くパニックだった。疲労感も酷く、肩で息をする。だけど、すぐそこにまつりがいるということを改めて実感して、無事だったことが嬉しくて、無我夢中でまつりを抱きしめた。

まつりは小さかった。おれの胸に全部が収まるくらいに。小さくて、震えていて、そして人形なんかじゃあり得ないほど、温かくていい匂いがした。

「フータ……よかった……」

まつりは、泣いていた。嗚咽を漏らし、小さくしゃくり上げる。こんな怖い思いをしたのだから、当然だ。それは、まつりが初めておれに見せた弱さで、不謹慎かもしれないけど、ちょっと嬉しかった。

「ごめんね、まつり」

「なんで、フータが謝るのよ」

「おれがもっと要領よくて、力があったらさ、もっと格好よく助けられたのに」

まつりの前で裸を晒して、土下座して謝った。格好悪すぎる。ダサすぎる。まつりが大好きな、ロマンチックにはほど遠い。申し訳なくて申し訳なくて、消えてしまいたくなった。

「そんなわけ、あるか」

まつりは顔を上げて、泣き腫らした目でおれを見た。

「さっきのフータ、最高に格好よかった。その……助けにきてくれたとき、王子様みたいだった」

「お、王子様……？」

「私、酷いこと言った。ごめんね。だけど……これからも一緒にいて」

「……うん。こんなんでよければ」

おれは再び、まつりを抱きしめた。

顔を赤くして、目をそらしているまつりを。

そしたらまつりは、おれの胸に顔を埋めるように押し当ててきた。

「格好悪くてごめん」

「何度も言うな。バカ」

なぜか嬉しそうなまつりは、それっきり喋らなくなり、やがて小さな寝息を立て始めた。

おれはお尻が冷たくて風邪をひきそうだったけど、まつりを起こしたくなくて必死で堪え

た。それが、できる男だと思ったから。

おれは、空回っていたのかもしれない。

ずっと誰かに必要とされたいと思っていた。でも、それが間違いだった。

誰かに好かれようとして何かをするのは、それはつまり自分のため。おれは最初から誰にも向きあっていなかった。

腕の中のまつりを見る。

清廉な、だけど意識しないと見落としてしまう、道ばたの小さな花のような。

決して飾らない、自然で穏やかな表情で眠るまつりが。

愛しくて、かわいくて、思わずそっと、髪に優しく触れた。

6．綺麗な花

竜崎さんとの事件があって、三週間経った。

夏休みと中間テストが同時に迫ってきている、嬉しいようで嬉しくない、この時期。

まつりには、大きな変化があった。

「フータくん、遅いです！　また放置されちゃうのかって思いました！」

怒られた。透姉ちゃんに。

一四時三〇分に新丸子駅だったが、クラスメイトの井上さんにカラオケに誘われて、五分くらい遅れた。前の安藤くんに誘われたカラオケでは、まつりを追って渋谷に向かうため、急に何も言わずに飛びだした。それで完全にクラスで孤立したと思ったのだけど、みんな案外気にしておらず、それよりもみんなのなかで「おもしれえ男」として認められたみたいだった。

「ごめん、透姉ちゃん」

「私、この前のこと、悲しかったんです。シャワーから出てきたらフータくんいなくて、心細かったです……」

「そ、それもごめん……。話した通りだよ」

あの夜は、まつりが寝入ってしまったので、数時間は透姉ちゃんを放置することになってしまった。先にラインなり電話だけでもしておけばよかったが、おれはずっと玄関から動けなかったのだ。そして二時間後、まつりが起きてから一度、五階の部屋に戻った。透姉ちゃんは「純情を踏みにじられた！」と怒っていたので、まつりに危険が迫っていたこと、余裕がなくてその場で話せなかったこと、無事解決したこと、透姉ちゃんに踏みにじる純情なんて残っていないことをきちんと説明した。

「あの夜は寂しすぎて、ひとりフータくんを思いながら部屋で」

透姉ちゃんを無視して、足早に歩きだす。すると半泣きになりながら、走って追いかけてきた。置いていかれることが本当にトラウマになってしまったようだ。

駅から二分くらい歩くと、目的地に到着する。見落としてしまいそうになるさりげない入り口と、かわいらしいブリキの馬と如雨露。花と植物、そして美味しいコーヒーが自慢の『CAFE HANATABA』だ。

「あ、かわいいですね。ここでふたりが？」

「うん。これでいて、盛況なんだよ」

独特な形の植物の生えた小さな緑道を進み、木製のドアを開ける。

すると世界が変わり、人で溢れた賑やかな空間が広がった。

「いらっしゃ……あっ、ふうちゃん！」

シックな藍色のエプロンをつけた藤沢さんが、弾ける笑顔で迎えてくれた。人懐っこく駆け寄ってきて、おれと透姉ちゃんを見上げる。犬耳なんかつけたら見た目はパーフェクトだ。

「透ちゃん先生も来てくれたんですね！」

「ええ、美味しいコーヒーがあるって聞いたので」

「美味しいコーヒーも、赤いじゅるじゅるもありますよ！」

「赤いじゅるじゅる？」

ビーツのポタージュのことだ。いたくお気に召したらしい。

「遅くなってごめんね、藤沢さん。席、空いてる？」

「どうぞー！　二名様、ご案内～！」

ピークは過ぎたとはいえ、席はほとんど埋まっていた。テーブルのふたり席に案内される。そして、藤沢さんがメニューを出してくれている間に、おれは店内を見回した。

そうしたら、カウンターの向こうから歩いてくる、彼女の姿を見つけた。

「何？」

こちらに来るなり、無愛想に言い放った。

「えっと、その」

改めてまつりを見る。藤沢さんと同じ、藍色のエプロン。髪は邪魔になるからか、後ろでひとつに束ねていた。

「エプロン、かわいいね」

「違うでしょ。エプロン姿もかわいいねまつり、でしょ」

「あ、ごめん」

ダメだしが入る。いのいちばんに服装を褒めるべきだと思ったのだけど、かわいいのはエプロンではなく、エプロンを着た私だろ、ということらしい。

「え、なんでまつりちゃんだけ？　わたしは⁉」

「も、もちろん藤沢さんもかわいいよ！」

「とってつけた感じじゃん！　最初に言ってよ～！」

それからも「入ってくるところからやり直して！」とか無茶を言う。もちろん冗談っぽく言っているのだけど、冗談に見せかけた本気だということを、おれは知っていた。

「ふたりともとっても素敵ですよ。清瀬さんは生徒会長もやってるのに、アルバイトを始めたと聞いたときは驚きましたが」

「まあ、時間ができたし。それに、その……」

「なんですか？」

「……この店は、花がいっぱいあって、好き」

まつりは、パパ活をやめた。

自分が自分らしくあるために、やりたいことを見つけるために、パパたちと連絡するのをやめたのだ。

「このバイト先、ふうちゃんから提案してもらったんだよね！」

「そうなんだけどさ、なんでゆきも私と一緒にバイトしてるの？」

「え、いまさら⁉ まつりちゃんと一緒にいたいからに決まってるじゃん！」

藤沢さんは、まつりに飛びついた。

まつりは「バイト中だから」と文句を言っているが、決して力尽くで剥がそうとはしない。つまり、別に嫌じゃないし、それどころか嬉しいのだろう。夢を見つける過程に、大好きな藤沢さんも一緒にいる。それはまつりの願った未来なんだから。

「本当に仲良しなんですねえ。ところで、注文いいですか？」

「任せてください！」

カフェの雰囲気にそぐわない、大きすぎる声で藤沢さんは答えた。

「私、水汲んでくる」

まつりが一度席を離れる。その間に藤沢さんが注文を取り始めた。

「じゃあ私は、ＨＡＮＡＴＡＢＡごはんプレートをお願いします。飲み物はアイスコーヒーで」

「はーい」

「おれはチキン煮込みカレーで。あと……」

「言わせてみせるから」

「……ん？」

注文を紙に書きながら、藤沢さんは顔も上げずにさらっと口にした。

「まつりよりウチがいいって、言わせてみせるから」

あまりにもさりげない発言に、おれは口が半開きだった。

「ええと……」

「ご注文を繰り返しまーす。ＨＡＮＡＴＡＢＡごはんプレートとアイスコーヒー。照り焼きフィッシュバーグに、チキンの香草焼き、ライス大盛り、ビーツのじゅるじゅる、オーガニックコーラ、本日のデザート三人前でよろしいですね？」

「え、違……ていうか、そんなにいら」

「はーい、ありがとうございまーす！」

強制的に打ち切られる。

おれはただ呆然(ぼうぜん)としていた。

「ばーか」

去り際、一瞬だけおれをちらっと見て、颯爽(さっそう)とエプロンを翻(ひるがえ)し、カウンターの奥へと消えていった。

「フータくん、藤沢さんに何かしましたか？」

何もしなかった。

だから、藤沢さんは怒っている。

「ふふっ。お姉ちゃん、嬉しい」

「何が⁉」

よく分からないが、きっと節操なくいろんな女の人に手をだしてこそ一人前、みたいに考えてそうだ。

「お待たせ。……って、どうしたの？」

「何も……」

水を持ってきたまつりが、変な空気に気付いて首をかしげる。おれは本当のことを話すわけにはいかないので、カウンターの奥から聞こえてくる「お友達よく食べるねえ」「あの人、節操ないんです」という会話を聞きながら、お昼ご飯を抜いておけばよかったと後悔した。

足下を澄んだ水が悠々と流れる二ヶ領用水沿いを、涼しげな夏服姿のまつりと歩く。食後の運動を兼ねて、新丸子駅からまつりの家まで歩くことにしたのだ。ここは前にもふたりで歩き、おれがまつりの夢を一緒に探すと約束した、思い出深い場所でもあった。

「桜、もう完全に緑色だ」

「夏が近いって感じがして、私は好きだけどね」

まつりとは仲直りできたが、藤沢さんのこともあるし、これからまだまだ波乱が待ち受けているはずだ。もちろん、いまでも藤沢さんのことは好きだし、仲良くしたい。だけど、同じようにまつりに対してだって、その種類はさておき、好意を抱いている。

さらにいえば、藤沢さんはおれのことを好きではない。なのに、おれと付き合いたいと宣言している。理解できない。同じくまつりもまつりで、竜崎さんにおれが好きかと聞かれて、違うとはっきりと答えていた。それが本心であるならば、状況は進展していないどころか、後退すらしていた。

「……ねえ、何笑ってんの？」

「え、笑ってた？」

「ニヤけてた」

　おかしい。これからを憂いていたはずなのに。

「今日のバイト先でのまつり、かわいかったなあ、って」

　それで一応は納得したのか「ありがとう」と小さく言って、再び黙った。

　問題は山積みだが、こうしてまた、まつりと他愛もない会話ができること、それが本当に幸福なんだってことを噛みしめた。

「散歩日和じゃん。もう梅雨だけど、晴れてよかった」

　当たり前にあることは、当たり前ではないこと。

　一緒にいようねは、一緒にいないかもしれないから、そう伝えること。

　だからおれは、まつりと一緒にいられなくなるかもしれないって、ずっとこれからも考える。不安で、苛まれて、女々しくも縋って、本当にまだこの手はまつりを掴んでいるのか逐一確認して、しつこいくらい言ってやろう。

「ねえ、まつり。これからも、一緒にいてね」

「なんだよ、恥ずかしい奴」

「恥ずかしい奴なんだよ」

こういうまつりといる時間は本当に心地よかった。

当たり前じゃない、当たり前が、ずっと続けばいい。

「あ」

スマホが震えた。

嫌な予感がして、慌てて開く。そして、的中した。

「何？」

「べ、別に！」

ラインがきていた。相手は、藤沢さんだ。

しかも一度じゃない。何度も、何度も、メッセージが送られてくる。

「ちょっと待ってね」

反射的に開いたので、藤沢さんにメッセージを読んだことが通知されてしまった。露骨に無視を続けるとあとが怖いのだ。

『見て　バイト先の制服』

『シャツのボタン、四つ目まで開けてみました（鍵の絵文字）』

『エロくね？』

胸元を開いた添付画像。

『今度は太もも送る』

太ももの添付画像。

『まつりといるの？』

『……聞いてる？』

『ねえ、返信遅くない？』

『え』

『無視？』

『ウチのこと　うざいとか思ってる？』

『ねえ』

『ねえ』

『ねえ』

『おい』

いや、なんか、普通に怖いんですけど……。

藤沢さんは自宅での一件があってから、ふたりのときは仮面を被らなくなった。という

か、今日のバイト先で、透姉ちゃんの前ですら本性をちらつかせてきたこと考えると、

バレたらバレたでよい、みたいに考えている節もある。非常に危険だ。

「何やってんの？」

「ばっ⁉」

気付いたら、まつりが真横にいた。

そして、おれのスマホを覗き込んでくる。反射的に身を引くが……。

「ブツブツ喋りながら必死にうってたから……。ゆきとラインしてなかった？」

バッチリ、見られていた。

「しかも、なんか、人の肌みたいなのが写った画像だった気が……」

血の気がひく。まつりは藤沢さんの本性を知らないのだ。藤沢さんが、まつりにはバレてもいいと思ってこんなことをしているのかは、分からない。だけども、少なくともまだ、まつりは知らない方がいいだろう。

「あんた、ゆきにエロ画像送ってんの？」

逆だわ！　……と、叫びたかった。

「ち、違うって。肌っぽいのは……ほら、アレだよ」

「どれだよ」

「……は、ハダカ」

「ハダカ⁉」

「ハダカデバネズミ。藤沢さん、ちょっと変な生き物好きじゃん？」

藤沢さん、本当に好きそうだし信憑性はあると思った。

「見せろ」

ダメだったけど。

「あっ！　だ、ダメ！　プライバシーだから！　……って、ああっ⁉」

「きゃっ⁉」

まつりに携帯を奪われそうになり揉めた結果、おれは足を踏み外し、用水路に突っ込んだ。そしてそのまま体勢を崩して、まつりを巻き込み、水の中に横たわった。

「ごめっ！　だ、大丈夫⁉」

「あちゃー……濡れちゃった。まあ、平気だけど……あっ」

至近距離で目があう。おれはすっかり水の中で腰から座ってしまっていて、まつりはそんなおれに覆い被さるような体勢だった。

「ホント、ごめ……」

「いや、なんで謝んの……？　あんたの、その……すぐに謝るの、やめた方がいいって」

目をそらし、消え入るような小さな声だった。互いに、なんだか急に意識してしまって、微妙な空気だ。

「………」

「………」

それからおれたちは、ひたすらに無言を重ねた。

おれは、とりあえず降りてほしいと言えばよかったし、まつりもいつまでも乗っていないで離れればよかったのだ。でも、そうしなかった。まだ水は冷たかったし、ただただ互いに気まずいのに、動こうとしなかった。

だけど、そうするとマズイことがあるわけで……。

「あっ」

「なんだよ?」

「な、なんでも……」

人前では身だしなみをしっかりしているまつりだが、今日はもう帰るだけだからか、制服を着崩していた。ワイシャツのボタンを、ふたつ目まで外していたのだ。しかも微妙に前のめりで、胸元からキャミソールどころか、その奥の花をあしらったレースの青い下着まで見えている。そして、鎖骨から谷前へと、つーっと、水滴が伝うのが見えた。なだらかな丘陵によって弧を描き、青色の花びらに吸い込まれると、その色を濃くした。

「あ」

「だ、だって……」

　まつりの膝が、ちょうどおれの下半身に当たっている。

　だからおれの変化に、まつりは気付いた。

「……かわいいじゃん」

　どう考えてもこの場にそぐわない反応だった。初めて立ち上がった、まだ目もろくに見えていない子犬を愛でるような、柔らかい声だった。

「前にも、こんなことあったよね」

「そう、だっけ?」

「ほら、ケンカしたとき」

　生徒会室でまつりに、パパ活をやめるよう改めて話したときだ。あのときまつりは、逃げるように帰ろうとするおれを引き留めようとして、ふたりで床に倒れこんだ。まつりはおれが、あんな状況でもしっかり反応していることに気付いて、幻滅した。そして、言ったのだ。

「五でしてあげる」

　またまつりは、あのときと同じ言葉を繰り返す。

だけど今度は、あのときと違う。気兼ねない友人に言うようなイタズラっぽい響きがあった。

「はあ。そう、ですか」

もちろん、本気で取りあわない。真顔で焦ったりしたら、またからかわれるだけだ。

「もう、まつり、そろそろ降りて」

「本気なんだけど」

一度、脱力した身体がまた強ばった。

首だけ起こして、まつりの顔を見る。

まつりはちょっと怒ったように、つまり、恥ずかしがって微妙に顔をそらし、ふらふらと目を泳がせていた。

「えっと……」

「五回、私の買い物に付き合って。そしたら、してあげる」

「じょ、冗談だよね？」

まつりは、むすっとしたように睨む。

自分の鼓動が早くなるのを感じながら、まつりがなんと答えるのかと、固唾を呑んで見守る。だけどまつりは、それ以上何も言わなかった。

「っ！」

まつりは行動で示した。

「フータ」

倒れたおれの腰に両手を回して、互いの身体を密着させる。すると絶妙な位置に入り込んだまつりの太ももが、さらに激しくおれを刺激した。

「ま、まつり……」

「やっぱ、かわいい」

嬉しくない。嬉しくない、はず、なのに、桜色に染まった頬で、そんな囁くような声で言われたら……。

「フータには秘密にしてたけど、私、吸血鬼なの」

「な、なんの冗談？」

「いつもはトマトジュースで我慢してる」

「よく飲んでるのは知ってるけど、好きなだけでしょ」

「違うもん」

まつりはおれの上に倒れこんできた。

そして腰に回していた自分の手で、今度はおれの頭を抱きしめる。そして顔をおれの首筋に埋めると……。

「いっ⁉」

弱くない力で、噛んだ。

「ちょっと、何を……」

「いいじゃん。させて」

おれが答える間もなく、まつりは再び首筋に歯を食い込ませた。

ゆっくりと力を込める。少しずつまつりの歯が肌に埋まり、それに伴い痛みが増して、おれは身体を強ばらせた。まつりはそれに気付くと、力を緩める。だけどまた、力を込めて歯を突き立てる。その繰り返しだ。おれのくすぐったさが、痛みに変わる力加減の境界線を探っていた。

「あ、う」

言葉にならない声がもれる。くすぐったいような、痛いような、じれったいような。悔しいけれど、こちらから、もっとしてほしいと、まつりを求める気持ちが大きくなる。それは単に物理的な刺激を求める本能的な衝動なのか、まつりという存在を愛しく思う心情の発露なのか、分からなかった。

「かわいい」

まつりは、回した手に力を込める。強く、縋るように。おれは小さな身体、か細い腕に、締め上げられ、ただとにかく、もっとまつりに近づきたいと思い、まつりと抱きあった。

自分の身体を支えていた両手が離され、ふたりで水の中に転がった。

いまのおれたちは、互恵関係だとか、好きな人の親友だとか、恋人だとか、関係性の名前はなんでもよかった。ただ、事実としてひとつになりたかったし、それを互いに認識しあって、その欲望を叶えることができたら、ふたりの関係の名前は、あとからついてくる気がした。男とか女とかも関係ない。なんなら人であることさえも、関係ない。それくらいおれたちは、互いが互いを必要としていた。

「穴、空いちゃった」

首筋をまつりの細い指になぞられる。噛みすぎて、穿ったような痕がついたんだと分かった。

「もっと噛んでいいよ」

「噛んでください、でしょ」

「じゃあ、噛まなくていい」

「ダメ。噛ませろ」

今度は、反対側の首筋に噛みつかれ、水の中に押し倒された。

「ま、まつり……！」

ガブリと、噛まれた。遠慮も優しさもない、欲望と憎しみを乗せたような、ただただ暴力的な強さだった。

声は出さなかった。最初は、なんでこんなに強く噛まれたのか分からなかったけど、まつりがおれを抱く手が震えていることに気付き、なんとなく察した。

まつりはずっと、探していたものを見つけたんだって。

「ねえ、痛くしていい？」

まつりが見つけたものは、八つ当たりの対象。

誰よりも優しくて、世話焼きで、不器用なまつりが、一方的に、理不尽に傷つけられる相手。

「……いいよ」

おれは、その相手に選ばれた。

「ぐっ⁉」

今度は、声が出た。灼(や)けるような感覚。張り詰めた神経が引きちぎられそうな、痛さ。

怒りと非難を込めて、まつりの背中に、血が滲(にじ)むくらい本気で爪を立てた。水に浸された制服が爪の侵入を阻(はば)んだけど、すべて引き裂くつもりで、何度もひっかいた。

「フータ……フータ！」

おれの名を呼ぶが、おれを呼んではいなかった。

それは虚空へ投げかける呪文。

これまでお母さんと暮らし、パパたちに囲まれ、藤沢さんと一緒にいたまつりは、ずっとひとりだった。だけどまつりは、きっと誰も憎みたくはないのだ。だから、代わりにおれを呼ぶ。翳すことを諦めた憤慨も、生まれることすらなく消えた切望も、象ることのできない感情も、すべて乗せて。

「私……ねえ、どうして？　どうして、私だけ、なんだろ」

「うん、そうだね」

「私……私だって、たくさん……我慢、してるのに……」

「大丈夫。まつりがたくさん考えてること、みんなを守ろうって思ってること、全部おれが分かってるから」

今度は、強く抱きしめられた。

まつりの身体は、震えていた。

こんなちっちゃな身体で、すべて背負ってきた。誰も傷つけたくない、私が守らなきゃ、私じゃなきゃできないって、ずっと考え続けて。世界から弾かれたまつりは、あちら側でもない、こちら側でもない、水路の真ん中で、世界を呪っている。

「フータだけは、一緒にいてね」

「うん」

　そんなこの世界にいない彼女は、どこにでもいるのだ。心を殺して、自分の好きも失(な)くして、傷ついて、それでも大切な家族を守ろうとしている女の子を守ってくれない世界は、果たして何を守っているのだろうか。

「これからはさ、まつりがしたいこと、していこう」

「……うん」

　まつりは呪って、憎んだ。だけどそれよりも、哀(かな)しんだ。だってまつりは、それでも世界のことを、嫌いになれなかったから。日が差して、花が咲いて、気まぐれに雨だって降ることのある、この世界のことを。だからおれたちにできるのは、こうしてふたりで水の中に倒れ込んで、涙を流すことくらいだ。

　哀しみで咲く花も、あるだろう。

　そして事情を知らない人が見れば、その花も綺麗だ。

　だから世界は、美しいで溢(あふ)れている。

エピローグ

少なくとも大人になるまでは、もう二度と行くことはないと、道玄坂(どうげんざか)の赤い門を後にしたおれとまつり。梅雨も終わりかけ、新しい季節へ巡ろうとしているこの時季に、おれも変わらなければならないと、下校途中に新緑の並木道を見て強く決心した。

「家まで送って」

押していた自転車のカゴに、スクールバッグが放り込まれる。おれが振り向いたときには、まつりは荷台に跨(また)がっていた。

「ふうちゃん、わたしもー!」

増えた。

二段重ねのアイスみたいに、気軽に前のカゴにスクールバッグが積まれた。

「待って。いろいろ待って」

「何が? 早くしてよ」

「あ、ふうちゃん、クレープ屋さんに寄ってほしいな」

「待って。一度待って。ね?」

懇願するように言うけど、まつりは「あくしろよ」と目で急かしてくるし、藤沢さんは不思議そうな目で見てくる。

「三人乗りとか無理だし、自転車でまつりの家の坂を上れるわけないし、藤沢さんはバイトって聞いてたけど」

「三人乗りは気合い。坂も気合い。ゆきがいるのも気合い」

「脳筋じゃん」

「わたし、バイトなくなったの。だから、商店街のクレープが食べたいなって。あのおじちゃん、あんな愛想ないのになんでクレープは美味しいんだろうねー」

失礼でしょ。腕があれば愛想なんていらないんだよ。

「そもそも、ふたりも荷台に乗れる？」

「大丈夫！　ね、まつりちゃん！」

荷台にまたがっていたまつりが、可能な限り前につめる。そして両足をピンとあげて、自転車のフレームに乗っけた。

「で、わたしがこう！」

藤沢さんは、ふわっと短いスカートを豪快にはためかせ、荷台に跨がる。そしてまつりの両肩に手を置いて、器用に両つま先を、後輪にある車軸の出っ張りに置いた。

「じゃーん！　ふうちゃんタクシー爆誕！」

確かに乗っていた。ふたりの女子が。身体が小さいからこそ、できる芸当だ。

「これを、漕ぐの？」

「漕ぐのじゃ！」

「じゃ？」

「じゃ！」

無茶がすぎる。

「ふうちゃんならできる！」

根拠のない励ましに襲われた。

途方に暮れていると、まつりが神妙な顔でおれを見つめてきた。藤沢さんが通りすがりの猫に気をとられている隙に、まつりはおれに耳打ちした。

「私は商店街から歩くから。フータはゆきを家まで送ってあげて」

師匠の心遣い、痛み入る。

当然というかなんというか、中止になる理由もないので、まつりによるレッスンは続いていた。もちろん、おれは藤沢さんのことは大好きだが、本当の彼女を知って、いまではその好きのかたちに変化があったことを自覚している。だがそれが具体的にどういったものなのか決めかねていた。

それに、おれの好きにはもうひとつ変化のあったものがあって、それが……。

「何？」

「いや、別に……」

こちらも、よく分からない。

まつりとは、ずっと一緒にいたい。離したくない。

だけれども、言葉通りそれを叶える（かな）のであれば、仮に藤沢さんとおれが付き合ったとして、そこに友人としてのまつりがいてくれれば、問題はないはずなのだ。

なのに、おれは。

「それとも、私とふたりきりがよかった？」

不意打ちだった。

「あ、いや、そんな」

「いいよ、今度はゆきに内緒で待ち合わせしよ。……どっかのホテルで」

その提案は、明らかな冗談。

だけれど、イタズラを思いついて、小さく揺れるすみれの花のような笑顔は魅力的すぎて、「そうだね」なんて答えたくなってしまった。

「し、しないって」

「…………あっそ」

なぜか、怒ったみたいだ。

……冗談、だよね？

「あの、まつり」

遮るようにスマホが震える。

送信者は、藤沢さんだった。

『いちゃつくな』

顔を上げる。

まつりの後ろで、自転車に立っている藤沢さんは、おれのことをナメクジかなんかと思っているような目で、見下していた。

「……三人で、歩こうか」

まつりにも、藤沢さんにも文句を言われる。

だけど、急ぐ帰路でもないしと、ふたりを説得した。

「まあ、のんびり行こうよ」

満開の桜とともに転校生はやってこないし。

夏の星空の下で約束を交わすこともなければ。

雪とネオンで彩られた街中では、ひとり身を縮こまらせて震えている。

うまくできないことがほとんどで、何度だってやめたくなる。

だけど、おれの周りには、おれと同じくらいどうしようもなくて、そして大好きな人たちがたくさんいる。

だからおれは、また明日も起きて学校に行く。

毎日が、続いていく。

そういう駆け抜けるような速度と、焦げつくような眩しさの、世界でいちばん退屈な物語のなかで。

おれたちは、生きている。

あとがき

ごぶさたしております、もしくは初めまして、長友一馬（ながともかずま）と申します。

まず、あとがきから読む方が最も気になっているであろうことをお伝えします。

えっちなシーンあります。パンツとかあります。

あとがきのノルマを達成したので、残りは好き勝手に書きます。ネタバレはありません。

ボーイ・ミーツ・ガールです。ヒロインであるまつりちゃんが、健気（けなげ）で、気高くて、そしてひたすらにお節介な物語です。前作と同じく、誰にも触れられないふたりだけの世界を描きました。共依存って最高かよ。性癖は治らんのよー。

世界は必ずしも、清らかな人、弱い人を助けてくれるようにはできていません。それどころか、そういった人の中には「お前はおかしい」と周囲から攻撃されて、何が正しいか分からなくなり、心が折れそうになっている人もいます。だけど、正解かどうか、うまくできているかどうかは関係なく、悩んで苦しみながらも、自分の信じる正しさのために戦っている人は、強くて、尊くて、美しいと長友は信じています。うまくいかないことの方が多いのに、わざわざ必死に生きているのは、それでも大切なものがこの世界にはあるからだと思います。そんなお話です。

簡単に近況を。前作から五年経ちました。五年て。当初は納得するものがまったく書けず、今作も一度書き直しています。ですが私生活で激動の時を過ごし（友人に話すと大爆笑されるかドン引きされるかの二択。匿名でエッセイとか出したい）、頭も身体もアレな感じになったら、書けました。やっぱ人間、ぶっ壊れてからが本番よ。

最後に謝辞を。担当のMさん。的確という言葉がしっくりきます。Mさんが出す答えが正しいと気付くのに長友は三日とか必要です。これがプロの編集かと感動しています。

前担当のTさん。一切妥協せずに率直なダメ出しをしていただいて、感謝しています。こんなに長い間お付き合いいただき、Tさんが担当で良かったと本当に思います。

葛坊煽先生。キャラデザを拝見したとき、ようやくまつりちゃんたちに会えた気がしました。嬉しさのあまり、一日中画面に話しかけていました（ガチ）。

Nさん・Mさん。たくさん相談に乗ってもらいました。ちゃんと本になったよ！

Hくん。あなたがいたから頑張れました。Mさんにもよろしく。

読者の皆様方。長友の妄執と性癖と技術を込めました。前作から待って頂いていた方には、どんな感謝の言葉ですら軽いです。ようやく納得できるものが書けたので、この想いが届いていることを祈るばかりです。読んでいただける方がいてこその、物語です。

それでは、また次巻でお会いできることを願っております。

お便りはこちらまで

〒一〇二－八一七七
ファンタジア文庫編集部気付
長友一馬（様）宛
葛坊煽（様）宛

生徒会長との待ち合わせは、いつもホテル。

令和5年8月20日　初版発行

著者――長友一馬

発行者――山下直久

発　行――株式会社KADOKAWA

〒102-8177

東京都千代田区富士見2-13-3

0570-002-301（ナビダイヤル）

印刷所――株式会社暁印刷

製本所――本間製本株式会社

※定価はカバーに表示してあります。

●お問い合わせ

https://www.kadokawa.co.jp/（「お問い合わせ」へお進みください）

※内容によっては、お答えできない場合があります。

※サポートは日本国内のみとさせていただきます。

※Japanese text only

ISBN978-4-04-075107-8 C0193　◇◇◇